Hermann Hesse, am 2. Juli 1877 in Calw/Württemberg als Sohn eines baltendeutschen Missionars und der Tochter eines schwäbischen Indologen geboren, 1946 ausgezeichnet mit dem Nobelpreis für Literatur, starb am 9. August 1962 in Montagnola bei Lugano.

Hermann Hesse hat im Lauf seines Lebens mehr als 1500 Gedichte geschrieben. Die etwa 250 Beispiele dieser Auswahl haben Aussicht, in den festen Bestand der deutschen Lyrik einzugehen, denn sie gehören sowohl zu seinen beliebtesten als auch den meist vertonten Gedichten des 20. Jahrhunderts. Sie haben den Reiz des Authentischen und Erlebten, wobei das Erfreuliche wie das Deprimierende im Tanzschritt der Verse zur Musik wird. Wie in seiner Prosa versteht es Hesse auch im Gedicht, innovative Inhalte durch traditionelle Ausdrucksformen zu vermitteln. Das Einmalige wird ins Prototypische, das Zufällige in zeitlose Gleichnisse transponiert und haftet im Gedächtnis durch die Magie der rhythmischen Formulierung: »Was uns Verworrenes begegnet, / Wird klar und einfach im Gedicht: / Die Blume lacht, die Wolke regnet, / Die Welt hat Sinn, Das Stumme spricht.«

»Hesses bezaubernde Lyrik weiß eine sensitive Modernität in Laute von volkstümlicher Romantik zu kleiden.« *Thomas Mann*

insel taschenbuch 2859

Hermann Hesse

Das Lied des Lebens

Hermann Hesse

Das Lied des Lebens

Die schönsten Gedichte

Ausgewählt von Volker Michels

Insel Verlag

insel taschenbuch 2859
Erste Auflage 2002

Hinweise zu dieser Ausgabe am Schluß des Bandes
Vertrieb durch den Suhrkamp Taschenbuch Verlag
Umschlag: Michael Hagemann
Satz: Hümmer GmbH, Waldbüttelbrunn
Druck: Druckhaus Nomos, Sinzheim
Printed in Germany
ISBN 978-3-458-34559-6

6 7 8 9 10 11 – 16 15 14 13 12 11

Das Lied des Lebens

Frühling

In dämmrigen Grüften
Träumte ich lang
Von deinen Bäumen und blauen Lüften,
Von deinem Duft und Vogelgesang.

Nun liegst du erschlossen
In Gleiß und Zier
Von Licht übergossen
Wie ein Wunder vor mir.

Du kennst mich wieder,
Du lockst mich zart
Es zittert durch all meine Glieder
Deine selige Gegenwart.

Spätblau

O reine, wundervolle Schau,
Wenn du aus Purpurrot und Gold
Dich ebnest friedvoll, ernst und hold,
Du leuchtendes Späthimmelblau!

Du mahnst an eine blaue See,
Darauf das Glück vor Anker hält
Zu seliger Rast. Vom Ruder fällt
Der letzte Tropfen Erdenweh.

Der alte Garten

Mitternacht und Geisterzeit.
Tore öffnen festlich weit
Schmiedeeiserne, goldgeränderte,
Grünbekränzte, rotbebänderte
Hohe Flügel mit leisem Klingen,
Ein ganzer Heerstaat von bunten Dingen
Strömt rauschend ein.

Mit spitzen Zöpfen
Und zierlich frisierten Puderköpfen
Ein Zug geschmückter Herren und Damen
Mit Seideröcken und welschen Namen,
Mit glatten Reden und zarten Gesten,
Mit blauen Fräcken und roten Westen
Die Herren, mit rosa und himmelblauen
Gewändern und großen Fächern die Frauen.
Man arrivieret in stattlichen Reihen,
Unterteilt sich plaudernd zu zwei und zweien,
Begegnet lächelnd und nickend einander,
Ergötzt sich spielend am Sagen galanter
Bonmots und an zärtlich gewandten Allüren,
Lacht, kichert, verführt und läßt sich verführen,
Betrachtet mit Kennerblick die Konturen
Der schneeweiß glänzenden Götterfiguren.

Ausruhend sich labend an Aprikosen
Bewirft man sich mit zerflatternden, großen
Purpurnen, weißen und gelben Rosen.

Die Glocke schlägt, die Paare zerstieben;
Ich blicke durchs Fenster. Zurückgeblieben
Ist nur in Lüften ein animiertes
Flüstern und noch ein parfümiertes,
Zärtliches Duften von seidenen Roben.
Ein Wind entführt's nach dem Walde droben.
Zerstreut und verblättert mit wenig Zügen
Alle die Scherze, die höflichen Lügen,
Die süßen Blicke, die halben Gefühle,
Die rosigen Masken verschleierter Kühle.
Mir aber war noch lang im Bette
Zumut, als tanzte man Menuette
Und führte altmodische Reden drunten,
Und endlich hatt' ich den Schlaf gefunden.

August

Das war des Sommers schönster Tag,
Nun klingt er vor dem stillen Haus
In Duft und süßem Vogelschlag
Unwiederbringlich leise aus.

In dieser Stunde goldnen Born
Gießt schwelgerisch in roter Pracht
Der Sommer aus sein volles Horn
Und feiert seine letzte Nacht.

Valse brillante

Ein Tanz von Chopin lärmt im Saal,
Ein wilder, zügelloser Tanz.
Die Fenster leuchten wetterfahl,
Den Flügel ziert ein welker Kranz.

Den Flügel du, die Geige ich,
So spielen wir und enden nicht
Und warten angstvoll, du und ich,
Wer wohl zuerst den Zauber bricht.

Wer wohl zuerst einhält im Takt
Und von sich weg die Lichter schiebt,
Und wer zuerst die Frage sagt,
Auf die es keine Antwort gibt.

[Aus »Hermann Lauscher«]

Aller Friede senkt sich nieder
Aus des Himmels klaren Weiten,
Alles Freuen, alles Leiden
Stirbt den süßen Trost der Lieder.

Elisabeth

Wie eine weiße Wolke
Am hohen Himmel steht,
So weiß und schön und ferne
Bist du, Elisabeth.

Die Wolke geht und wandert,
Kaum hast du ihrer acht,
Und doch durch deine Träume
Geht sie in dunkler Nacht.

Geht und erglänzt so silbern,
Daß fortan ohne Rast
Du nach der weißen Wolke
Ein süßes Heimweh hast.

Die Stunde

Es war noch Zeit; ich konnte gehn,
Und alles wäre ungeschehn,
Und alles wäre rein und klar,
Wie es vor jenem Tage war!

Es mußte sein. Die Stunde kam,
Die kurze, schwüle, und sie nahm
Unwandelbar mit jähem Schritt
Den ganzen Glanz der Jugend mit.

Die frühe Stunde

Silbern überflogen
Ruhet das Feld und schweigt,
Ein Jäger hebt seinen Bogen,
Der Wald rauscht und eine Lerche steigt.

Der Wald rauscht und eine zweite
Steigt auf, und fällt.
Ein Jäger hebt seine Beute
Und der Tag tritt in die Welt.

Philosophie

Vom Unbewußten zum Bewußten,
Von da zurück durch viele Pfade
Zu dem, was unbewußt wir wußten,
Von dort verstoßen ohne Gnade
Zum Zweifel, zur Philosophie,
Erreichen wir die ersten Grade
Der Ironie.

Sodann durch emsige Betrachtung,
Durch scharfe Spiegel mannigfalt
Nimmt uns zu frierender Umnachtung
In grausam eiserne Gewalt
Die kühle Kluft der Weltverachtung.

Die aber lenkt uns klug zurück
Durch der Erkenntnis schmalen Spalt
Zum bittersüßen Greisenglück
Der Selbstverachtung.

Es gibt so Schönes

Es gibt so Schönes in der Welt,
Daran du nie dich satt erquickst
Und das dir immer Treue hält
Und das du immer neu erblickst:
Der Blick von einer Alpe Grat,
Am grünen Meer ein stiller Pfad,
Ein Bach, der über Felsen springt,
Ein Vogel, der im Dunkel singt,
Ein Kind, das noch im Traume lacht,
Ein Sterneglanz der Winternacht,
Ein Abendrot im klaren See
Bekränzt von Alm und Firneschnee,
Ein Lied am Straßenzaum erlauscht,
Ein Gruß mit Wanderern getauscht,
Ein Denken an die Kinderzeit,
Ein immer waches, zartes Leid,
Das nächtelang mit feinem Schmerz
Dir weitet das verengte Herz
Und über Sternen schön und bleich
Dir baut ein fernes Heimwehreich.

Über die Alpen

Das ist ein Wandern, wenn der Schnee
Der Alpenberge kühl erglänzt,
Indes der erste blaue See
Italiens schon die Sicht begrenzt!

Durch Höhenwind und herbe Luft
Weht eine süße Ahnung her
Von violettem Ferneduft
Und südlich übersonntem Meer.

Und weiter sehnt das Auge sich
Zum hellen Florentiner Dom
Und träumt nach jedem Hügelstrich
Aufsteigend das beglänzte Rom.

Schon formt die Lippe unbewußt
Der fremden schönen Sprache Laut,
Indes ein Meer verklärter Lust
Dir schauernd warm entgegenblaut.

Fremde Stadt

Wie das so seltsam traurig macht:
Ein Gang durch eine fremde Stadt,
Die liegt und schläft in stiller Nacht
Und mondbeglänzte Dächer hat.

Und über Turm und Giebel reist
Der Wolken wunderliche Flucht
Still und gewaltig wie ein Geist,
Der heimatlos nach Heimat sucht.

Du aber, plötzlich übermannt,
Ergibst dem wehen Zauber dich
Und legst dein Bündel aus der Hand
Und weinest lang und bitterlich.

Wie eine Welle

Wie eine Welle, die vom Schaum gekränzt
Aus blauer Flut sich voll Verlangen reckt
Und müd und schön im großen Meer verglänzt –

Wie eine Wolke, die im leisen Wind
Hinsegelnd aller Pilger Sehnsucht weckt
Und blaß und silbern in den Tag verrinnt –

Und wie ein Lied am heißen Straßenrand
Fremdtönig klingt mit wunderlichem Reim
Und dir das Herz entführt weit über Land –

So weht mein Leben flüchtig durch die Zeit,
Ist bald vertönt und mündet doch geheim
Ins Reich der Sehnsucht und der Ewigkeit.

Der Kreuzgang von Santo Stefano

Ein Wändeviereck blaß, vergilbt und alt,
Ehmals von Pordenones Hand bemalt.

Die Bilder fraß die Zeit. Du siehest nur
Mit schwachem Umriß hier und dort die Spur

Verwaschner Fresken noch: ein Arm, ein Fuß –
Vergangener Schönheit geisterhafter Gruß.

Ein Kind mit Augen auf, die lustig lachen
Und den Besucher seltsam traurig machen.

Die leise Wolke

Eine schmale, weiße
Eine sanfte, leise
Wolke weht im Blauen hin.
Senke deinen Blick und fühle
Selig sie mit weißer Kühle
Dir durch blaue Träume ziehen.

Ravenna

Ich bin auch in Ravenna gewesen.
Ist eine kleine tote Stadt,
Die Kirchen und viel Ruinen hat,
Man kann davon in den Büchern lesen.

Du gehst hindurch und schaust dich um,
Die Straßen sind so trüb und naß
Und sind so tausendjährig stumm
Und überall wächst Moos und Gras.

Das ist wie alte Lieder sind –
Man hört sie an und keiner lacht
Und jeder lauscht und jeder sinnt
Hernach daran bis in die Nacht.

Wetterleuchten

Wetterleuchten fiebert fern,
Der Jasmin mit sonderbaren
Lichtern wie ein scheuer Stern
Schimmert bleich in deinen Haaren.

Deiner wundersamen Macht,
Deiner schweren, sternelosen,
Opfern Küsse wir und Rosen,
Atemlose, schwüle Nacht.

Küsse ohne Glück und Glanz,
Die wir kaum geküßt bereuen –
Rosen, die in trübem Tanz
Überreife Blätter streuen.

Nacht, die ohne Tau vergeht!
Liebe ohne Glück noch Tränen!
Über uns ein Wetter steht,
Das wir fürchten und ersehnen.

Traum

Es ist immer derselbe Traum:
Ein rotblühender Kastanienbaum,
Ein Garten, voll von Sommerflor,
Einsam ein altes Haus davor.

Dort, wo der stille Garten liegt,
Hat meine Mutter mich gewiegt;
Vielleicht – es ist so lange her –
Steht Garten, Haus und Baum nicht mehr.

Vielleicht geht jetzt ein Wiesenweg
Und Pflug und Egge drüber weg,
Von Heimat, Garten, Haus und Baum
Ist nichts geblieben als mein Traum.

Einsame Nacht

Die ihr meine Brüder seid,
Arme Menschen nah und ferne,
Die ihr im Bezirk der Sterne
Tröstung träumet eurem Leid,
Die ihr wortelos gefaltet
In die blaß gestirnte Nacht
Schmale Dulderhände haltet,
Die ihr leidet, die ihr wacht,
Arme, irrende Gemeinde,
Schiffer ohne Stern und Glück –
Fremde, dennoch mir Vereinte,
Gebt mir meinen Gruß zurück!

Landstreicherherberge

Wie fremd und wunderlich das ist,
Daß immerfort in jeder Nacht
Der leise Brunnen weiterfließt,
Vom Ahornschatten kühl bewacht.

Und immer wieder wie ein Duft
Der Mondschein auf den Giebeln liegt
Und durch die kühle, dunkle Luft
Die leichte Schar der Wolken fliegt!

Das alles steht und hat Bestand,
Wir aber ruhen eine Nacht
Und gehen weiter über Land,
Wird uns von niemand nachgedacht.

Und dann, vielleicht nach manchem Jahr,
Fällt uns im Traum der Brunnen ein
Und Tor und Giebel, wie es war
Und jetzt noch und noch lang wird sein.

Wie Heimatahnung glänzt es her
Und war doch nur zu kurzer Rast
Ein fremdes Dach dem fremden Gast,
Er weiß nicht Stadt nicht Namen mehr.

Wie fremd und wunderlich das ist,
Daß immerfort in jeder Nacht
Der leise Brunnen weiterfließt,
Vom Ahornschatten kühl bewacht!

Nacht

Mit Dämmerung und Amselschlag
Kommt aus den Tälern her die Nacht.
Die Schwalben ruhn, der lange Tag
Hat auch die Schwalben müd gemacht.

Durchs Fenster mit verhaltenem Klang
Geht meiner Geige milder Strich.
Verstehst du, schöne Nacht, den Sang –
Mein altes Lied, mein Lied an dich?

Ein kühles Rauschen kommt vom Wald,
Daß mir das Herz erschauernd lacht,
Und leis mit freundlicher Gewalt
Besiegt mich Schlummer, Traum und Nacht.

Die Birke

Eines Dichters Traumgerank
Mag sich feiner nicht verzweigen,
Leichter nicht dem Winde neigen,
Edler nicht ins Blaue steigen.

Zärtlich, jung und überschlank
Lässest du die lichten, langen
Zweige mit verhaltnem Bangen
Jedem Hauche regbar hangen.

Also wiegend leis und schwank
Willst du mir mit deinen feinen
Schauern einer zärtlich reinen
Jugendliebe Gleichnis scheinen.

Kennst du das auch?

Kennst du das auch, daß manchesmal
Inmitten einer lauten Lust,
Bei einem Fest, in einem frohen Saal,
Du plötzlich schweigen und hinweggehn mußt?

Dann legst du dich aufs Lager ohne Schlaf
Wie Einer, den ein plötzlich Herzweh traf;
Lust und Gelächter ist verstiebt wie Rauch,
Du weinst, weinst ohne Halt – Kennst du das auch?

Ausklang

Wolkenflug und herber Wind
Kühlt mich, der ich krank gewesen
Träumend wie ein stilles Kind
Ruh ich aus und bin genesen.

Nur ein Klang in tiefer Brust
Ist von meinem armen Lieben,
Dämpfend alle laute Lust,
Leis und trauernd überblieben.

Diesem namenlosen Klang,
Während Wind und Tannen rauschen,
Kann ich Stunden, Tage lang
Schweigend hingegeben lauschen.

Soirée

Man hatte mich eingeladen,
Ich wußte nicht warum;
Viel Herren mit schmalen Waden
Standen im Saal herum.

Es waren Herren von Namen
Und von gewaltigem Ruf,
Von denen der eine Dramen,
Der andre Romane schuf.

Sie wußten sich flott zu betragen
Und machten ein groß Geschrei.
Da schämte ich mich zu sagen,
Daß ich auch ein Dichter sei.

Frühlingsnacht

Im Kastanienbaum der Wind
Reckt verschlafen sein Gefieder,
An den spitzen Dächern rinnt
Dämmerung und Mondschein nieder.

Alle Brunnen rauschen kühl
Vor sich hin verworrene Sagen,
Zehnuhrglocken im Gestühl
Rüsten feierlich zum Schlagen.

In den Gärten unbelauscht
Schlummern mondbeglänzte Bäume,
Durch die runden Kronen rauscht
Tief das Atmen schöner Träume.

Zögernd leg ich aus der Hand
Meine warmgespielte Geige,
Staune weit ins blaue Land,
Träume, sehne mich und schweige.

Eine Geige in den Gärten

Weit aus allen dunkeln Talen
Kommt der süße Amselschlag,
Und mein Herz in stummen Qualen
Lauscht und zittert bis zum Tag.

Lange, mondbeglänzte Stunden
Liegt mein Sehnen auf der Wacht,
Leidet an geheimen Wunden
Und verblutet in die Nacht.

Eine Geige in den Gärten
Klagt herauf mit weichem Strich,
Und ein tiefes Müdewerden
Kommt erlösend über mich.

Fremder Saitenspieler drunten,
Der so weich und dunkel klagt,
Wo hast du das Lied gefunden,
Das mein ganzes Sehnen sagt?

Schwarzwald

Seltsam schöne Hügelfluchten,
Dunkle Berge, helle Matten,
Rote Felsen, braune Schluchten,
Überflort von Tannenschatten!

Wenn darüber eines Turmes
Frommes Läuten mit dem Rauschen
Sich vermischt des Tannensturmes,
Kann ich lange Stunden lauschen.

Dann ergreift wie eine Sage,
Nächtlich am Kamin gelesen,
Das Gedächtnis mich der Tage,
Da ich hier zu Haus gewesen.

Da die Ferne edler, weicher,
Da die tannenforstbekränzten
Berge seliger und reicher
Mir im Knabenauge glänzten.

Venedig

In mildem Takt ein leiser Tropfenfall,
Ein klirrend schwaches Tönen im Kanal,
Sonst nichts – sonst keiner Gondel rascher Kiel,
Kein Schritt, kein Wort, kein nächtlich Lautenspiel,
Kein Ruf, kein fernster Laut, kein Vogelschrei!
Mir ist in meinem kühlen Bett, ich sei
Fern, märchenfern an einer Insel Strand
Allein und abgetrennt von jedem Land,
Das Menschen trägt und Menschenlaute kennt.
Und Dunkelheit! Nicht Stern, nicht Mondlicht trennt
Der Dächer Umriß in der schwarzen Welt,
Die vor den Fenstern stumme Wache hält.
Wo bin ich doch? Vielleicht in einem Wald,
Wo jedes Blattes Fall im Moos verhallt.
Vielleicht gebannt in einem Märchenschloß,
Wo ehmals Leben, Licht und Jugend sproß
Und nun um Schläfer ohne Lust noch Leid
Hinflutet Dunkel – Sage – Ewigkeit.
Vielleicht in eines Grabes engem Schacht,
Umhegt von Einsamkeit – Vergessen – Nacht.
Aus jener Welt, die ich vordem gekannt,
Wie kam ich doch in dieses stumme Land,
Das so geheimnisvoll und nachtbeschwert
Sich dehnt und jedes kleinsten Tons entbehrt?
Ich weiß nichts mehr davon. Allein ich weiß:
Nicht lang, so wird ein schmales Pförtlein gehn
Und eine schöne Frau verschämt und heiß
Im regenschweren Mantel bei mir stehn
Und wird mich küssen ... Mit verschlafnem Ton
Knarrt eine Tür. Prinzessin, kommst du schon?

Schönes Heute

Morgen – was wird morgen sein?
Trauer, Sorge, wenig Freude,
Schweres Haupt, vergoßner Wein –
Du sollst leben, schönes Heute!

Ob die Zeit im schnellen Flug
Wandelt ihren ewigen Reigen,
Dieses Bechers voller Zug
Ist unwandelbar mein eigen.

Meiner losen Jugend Brand
Lodert hoch in diesen Tagen.
Tod, da hast du meine Hand,
Willst du mich zu zwingen wagen?

Auf einer Nachtwanderung

Herwandernd aus den Bergen durch die Nacht
Hat mich der Weg durch fahle Wiesensäume
Und weiche Schatten unsichtbarer Bäume
Ans offene Tor der alten Stadt gebracht.

Durch eine lange Straße schritt ich sacht,
Und nirgends schien aus all den schwarzen Scheiben
Ein einzig Kerzenlicht und lud zum Bleiben,
Und alles schlief, und überall war Nacht.

Erst, da ich wieder weit im Felde ging
Und rückwärts auf die wunderlich gebaute,
Schlafwirre Flucht der dunkeln Giebel schaute,
Sah ich ein Licht, das hoch im Turme hing.

Und oben am Gesims war Einer wach;
Der trug am Strick die schaukelnde Laterne
Und bog sich vor und schaute in die Ferne
Und meinen kaum gehörten Schritten nach.

Weiße Wolken

O schau, sie schweben wieder
Wie leise Melodien
Vergessener schöner Lieder
Am blauen Himmel hin!

Kein Herz kann sie verstehen,
Dem nicht auf langer Fahrt
Ein Wissen von allen Wehen
Und Freuden des Wanderns ward.

Ich liebe die Weißen, Losen
Wie Sonne, Meer und Wind,
Weil sie der Heimatlosen
Schwestern und Engel sind.

Julikinder

Wir Kinder im Juli geboren
Lieben den Duft des weißen Jasmin,
Wir wandern an blühenden Gärten hin
Still und in schwere Träume verloren.

Unser Bruder ist der scharlachene Mohn,
Der brennt in flackernden roten Schauern
Im Ährenfeld und auf den heißen Mauern,
Dann treibt seine Blätter der Wind davon.

Wie eine Julinacht will unser Leben
Traumbeladen seinen Reigen vollenden,
Träumen und heißen Erntefesten ergeben,
Kränze von Ähren und rotem Mohn in den Händen.

Sommers Ende

Gleichtönig, leis und klagend rinnt
Den lauen Abend lang der Regen,
Hinweinend wie ein müdes Kind
Der nahen Mitternacht entgegen.

Der Sommer, seiner Feste müd,
Hält seinen Kranz in welken Händen
Und wirft ihn weg – er ist verblüht –
Und neigt sich bang und will verenden.

Auch unsre Liebe war ein Kranz
Auflodernd heißer Sommerfeste,
Nun löst sich sacht der letzte Tanz,
Der Regen stürzt, es fliehn die Gäste.

Und eh wir der verwelkten Pracht
Und der erloschenen Glut uns schämen,
Laß uns in dieser ernsten Nacht
Von unsrer Liebe Abschied nehmen.

Berge in der Nacht

Der See ist erloschen,
Schwarz schläft das Ried,
Im Traume flüsternd.
Ungeheuer ins Land gedehnt
Drohen die hingestreckten Berge.
Sie ruhen nicht.
Sie atmen tief, und sie halten
Einer den andern an sich gedrückt.
Tief atmend,
Mit dumpfen Kräften beladen,
Unerlöst in verzehrender Leidenschaft.

[Wenn des Sommers Höhe überschritten]

Wenn des Sommers Höhe überschritten,
Weiße Fäden in den Hecken wehen,
Schwer bestaubt am Weg die Margueriten
Mit gebräunten Sternen müde stehen,
Letzte Sensen in die Felder gehen,
Wird aus Müdigkeit und Todeswille
Über allem eine tiefe Stille,
Will Natur nach so gedrängtem Leben
Nichts mehr tun als ruhn und sich ergeben.

Im Nebel

Seltsam, im Nebel zu wandern!
Einsam ist jeder Busch und Stein,
Kein Baum sieht den andern,
Jeder ist allein.

Voll von Freunden war mir die Welt,
Als noch mein Leben licht war;
Nun, da der Nebel fällt,
Ist keiner mehr sichtbar.

Wahrlich, keiner ist weise,
Der nicht das Dunkel kennt,
Das unentrinnbar und leise
Von allen ihn trennt.

Seltsam, im Nebel zu wandern!
Leben ist Einsamsein.
Kein Mensch kennt den andern,
Jeder ist allein.

Allein

Es führen über die Erde
Straßen und Wege viel,
Aber alle haben
Dasselbe Ziel.

Du kannst reiten und fahren
Zu zwein und zu drein,
Den letzten Schritt mußt du
Gehen allein.

Drum ist kein Wissen
Noch Können so gut,
Als daß man alles Schwere
Alleine tut.

Manchmal

Manchmal, wenn ein Vogel ruft
Oder ein Wind geht in den Zweigen
Oder ein Hund bellt im fernsten Gehöft,
Dann muß ich lange lauschen und schweigen.

Meine Seele flieht zurück,
Bis wo vor tausend vergessenen Jahren
Der Vogel und der wehende Wind
Mir ähnlich und meine Brüder waren.

Meine Seele wird ein Baum
Und ein Tier und ein Wolkenweben.
Verwandelt und fremd kehrt sie zurück
Und fragt mich. Wie soll ich Antwort geben?

Dem Ziel entgegen

Immer bin ich ohne Ziel gegangen,
Wollte nie zu einer Rast gelangen,
Meine Wege schienen ohne Ende.

Endlich sah ich, daß ich nur im Kreise
Wanderte, und wurde müd der Reise.
Jener Tag war meines Lebens Wende.

Zögernd geh ich nun dem Ziel entgegen,
Denn ich weiß: auf allen meinen Wegen
Steht der Tod und bietet mir die Hände.

Frühling

Wieder schreitet er den braunen Pfad
Von den stürmeklaren Bergen nieder,
Wieder quellen, wo der Schöne naht,
Liebe Blumen auf und Vogellieder.

Wieder auch verführt er meinen Sinn,
Daß in dieser zart erblühten Reine
Mir die Erde, deren Gast ich bin,
Eigentum und holde Heimat scheine.

Glück

Solang du nach dem Glücke jagst,
Bist du nicht reif zum Glücklichsein,
Und wäre alles Liebste dein.

Solange du um Verlornes klagst
Und Ziele hast und rastlos bist,
Weißt du noch nicht, was Friede ist.

Erst wenn du jedem Wunsch entsagst,
Nicht Ziel mehr noch Begehren kennst,
Das Glück nicht mehr mit Namen nennst,

Dann reicht dir des Geschehens Flut
Nicht mehr ans Herz, und deine Seele ruht.

Schicksal

Wir sind in Zorn und Unverstand
Wie Kinder tun, geschieden
Und haben uns gemieden,
Von blöder Scham gebannt.

Die Jahre gingen drüber her
Mit Reuen und mit Warten.
In unsern Jugendgarten
Führt keine Straße mehr.

Windiger Tag im Juni

Der See starrt wie Glas,
Am steilen Hügelhang
Weht silbern das dünne Gras.

Jammernd und todesbang
Schreit ein Kiebitz in der Luft,
Taumelt in zuckenden Bogen.

Vom anderen Ufer herübergeflogen
Kommt Sensengeläut und sehnlicher Wiesenduft.

Nacht

Ich habe meine Kerze ausgelöscht;
Zum offenen Fenster strömt die Nacht herein,
Umarmt mich sanft und läßt mich ihren Freund
Und ihren Bruder sein.

Wir beide sind am selben Heimweh krank;
Wir senden ahnungsvolle Träume aus
Und reden flüsternd von der alten Zeit
In unsres Vaters Haus.

Wir leben hin …

Wir leben hin in Form und Schein
Und ahnen nur in Leidestagen
Das ewig wandellose Sein,
Von dem uns dunkle Träume sagen.

Wir freuen uns an Trug und Schaum,
Wir gleichen führerlosen Blinden,
Wir suchen bang in Zeit und Raum,
Was nur im Ewigen zu finden.

Erlösung hoffen wir und Heil
In wesenlosen Traumesgaben –
Da wir doch Götter sind und teil
Am Urbeginn der Schöpfung haben.

Vorfrühling

Der Föhn schreit jede Nacht,
Sein feuchter Flügel flattert schwer.
Brachvögel taumeln durch die Luft.
Nun schläft nichts mehr,
Nun ist das ganze Land erwacht,
Der Frühling ruft.

Bleib still, bleib still, mein Herz!
Ob auch im Blute eng und schwer
Die Leidenschaft sich rührt
Und dich die alten Wege führt –
Nicht jugendwärts
Gehn deine Wege mehr.

Morgen

Nun lockt mich keine Liebesnacht
Und kaum ein voller Becher mehr.
Ich bin aus Nacht und Ungefähr
Zum grimmen Tag erwacht.

Die roten Fackeln sind verbrannt,
Der Morgen schaut mir ins Gesicht.
Und das gewohnte Vaterland
Ist meine Heimat nicht.

Was Menschen reden, tönt mir nun
Wie aus versunkenen Städten her;
Was sie da unten sind und tun,
Ist meine Welt nicht mehr.

Aus dumpfem Leid und Freudenschwall
Klärt sich mein Wille rein und kalt.
Was gestern Spiel und Ungestalt,
Ist heute Form, Gesetz, Kristall.

Mückenschwarm

Viel tausend glänzende Punkte
Drängen sich gierig in Fieberwonnen
Zu zitternden Kreisen zusammen.
Verschwenderisch prassend
Eine eilig entgleitende Stunde lang
Rasen sie wild mit gellem Geräusch
In zuckender Lust dem Tod entgegen.

Untergegangene Reiche,
Deren goldbeladene Throne plötzlich und spurlos
In Nacht und Sage zerstoben,
Haben nie so wilde Tänze gekannt.

Vergiß es nicht

Es ist kein Tag so streng und heiß,
Des sich der Abend nicht erbarmt,
Und den nicht gütig, lind und leis
Die mütterliche Nacht umarmt.

Auch du, mein Herz, getröste dich,
So heiß dein Sehnen dich bedrängt,
Die Nacht ist nah, die mütterlich
In sanfte Arme dich empfängt.

Es wird ein Bett, es wird ein Schrein
Dem ruhelosen Wandergast
Von fremder Hand bereitet sein,
Darin du endlich Ruhe hast.

Vergiß es nicht, mein wildes Herz,
Und liebe sehnlich jede Lust
Und liebe auch den bittern Schmerz,
Eh du für immer ruhen mußt.

Es ist kein Tag so streng und heiß,
Des sich der Abend nicht erbarmt,
Und den nicht gütig, lind und leis
Die mütterliche Nacht umarmt.

Wanderschaft

Im Walde blüht der Seidelbast,
Im Graben liegt noch Schnee;
Das du mir heut geschrieben hast,
Das Brieflein tat mir weh.

Jetzt schneid ich einen Stab im Holz,
Ich weiß ein ander Land,
Da sind die Jungfern nicht so stolz
Der Liebe abgewandt.

Im Walde blüht der Seidelbast,
Kein Brieflein tut mir weh,
Und das du mir geschrieben hast,
Schwimmt draußen auf dem See,
Schwimmt draußen auf dem Bodensee,
Ja draußen auf dem See.

Dorfkirchhof

So nahe lieget ihr beisammen
In eurem Garten, stille Schar.
Von eures Lebens grellen Flammen
Loht keine mehr. Das Glockenläuten
Will euch nicht Leid noch Lust bedeuten
Noch Anklang dessen, was einst war.

Euch ist genug, daß in den Lüften
Hoch über euch der Flieder blüht
Und Sommernachts mit warmen Düften
Ob eurer Stätte festlich glüht.
Was noch in euch als Kraft, Begierde
Und unerlöster Drang gelebt,
Ist nun erlöst und frei und schwebt
Im Duft dahin als Spiel und Zierde.

Spruch

So mußt du allen Dingen
Bruder und Schwester sein,
Daß sie dich ganz durchdringen,
Daß du nicht scheidest Mein und Dein.

Kein Stern, kein Laub soll fallen –
Du mußt mit ihm vergehn!
So wirst du auch mit allen
Allstündlich auferstehn.

Zu spät

Da ich in Jugendnot und Scham
Zu dir mit leiser Bitte kam,
Hast du gelacht
Und hast aus meiner Liebe
Ein Spiel gemacht.

Nun bist du müd und spielst nicht mehr,
Mit dunklen Augen blickst du her
Aus deiner Not,
Und willst die Liebe haben,
Die ich dir damals bot.

Ach, die ist lang verglommen
Und kann nicht wiederkommen –
Einst war sie dein!
Nun kennt sie keine Namen mehr
Und will alleine sein.

Februarabend

Bläulich dämmert am Hügel hinab zum See
Matten Schimmers im Schmelzen der weiche Schnee,
In den Nebeln gestaltlos wie bleiche Träume
Schwimmen vielästige Kronen erstorbener Bäume.

Aber durchs Dorf, durch alle schlummernden Gassen
Wandelt der Nachtwind, schlendert lau und gelassen,
Rastet am Zaun und läßt in den dunklen Gärten
Und in den Träumen der Jugend Frühling werden.

Jugendgarten

Meine Jugend war ein Gartenland,
Silberbrunnen sprangen in den Matten,
Alter Bäume märchenblaue Schatten
Kühlten meiner frechen Träume Brand.

Dürstend geh ich nun auf heißen Wegen
Und verschlossen liegt mein Jugendland,
Rosen nicken übern Mauerrand
Spöttisch meiner Wanderschaft entgegen.

Und indes mir fern und ferner singt
Meines kühlen Gartens Wipfelrauschen,
Muß ich inniger und tiefer lauschen,
Wie es schöner noch als damals klingt.

Mittag im September

Es hält der blaue Tag
Für eine Stunde auf der Höhe Rast.
Sein Licht hält jedes Ding umfaßt,
Wie man's in Träumen sehen mag:
Daß schattenlos die Welt,
In Blau und Gold gewiegt,
In lauter Duft und reifem Frieden liegt.

– Wenn auf dies Bild ein Schatten fällt! –

Kaum hast du es gedacht,
So ist die goldene Stunde
Aus ihrem leichten Traum erwacht,
Und bleicher wird, indes sie stiller lacht,
Und kühler wird die Sonne in der Runde.

Die Flamme

Ob du tanzen gehst in Tand und Plunder,
Ob dein Herz sich wund in Sorgen müht,
Täglich neu erfährst du doch das Wunder,
Daß des Lebens Flamme in dir glüht.

Mancher läßt sie lodern und verprassen,
Trunken im verzückten Augenblick,
Andre geben sorglich und gelassen
Kind und Enkeln weiter ihr Geschick.

Doch verloren sind nur dessen Tage,
Den sein Weg durch dumpfe Dämmrung führt,
Der sich sättigt in des Tages Plage
Und des Lebens Flamme niemals spürt.

Schönheit

Verschenke dich, so stolz du bist,
Verschenke alles, was du hast!
Die Jugend ist ein flüchtiger Gast,
Der bald gegangen ist.

Gib dich einem armen Knaben,
Dem du keine Liebe wehrst,
Mach ihn reich, so wirst du erst
Selber dich zu eigen haben.

Der Künstler

Was ich schuf in heißer Jahre Glut,
Steht am lauten Markt zur Schau gestellt.
Leicht vorüber geht die frohe Welt,
Lacht und lobt und findet alles gut.

Keiner weiß, daß dieser frohe Kranz,
Den die Welt mir lachend drückt ins Haar,
Meines Lebens Kraft verschlang und Glanz,
Ach, und daß das Opfer unnütz war.

Wie sind die Tage …

Wie sind die Tage schwer!
An keinem Feuer kann ich erwarmen,
Keine Sonne lacht mir mehr,
Ist alles leer,
Ist alles kalt und ohne Erbarmen,
Und auch die lieben klaren
Sterne schauen mich trostlos an,
Seit ich im Herzen erfahren,
Daß Liebe sterben kann.

Beim Schlafengehen

Nun der Tag mich müd gemacht,
Soll mein sehnliches Verlangen
Freundlich die gestirnte Nacht
Wie ein müdes Kind empfangen.

Hände laßt von allem Tun,
Stirn vergiß du alles Denken,
Alle meine Sinne nun
Wollen sich in Schlummer senken.

Und die Seele unbewacht
Will in freien Flügen schweben,
Um im Zauberkreis der Nacht
Tief und tausendfach zu leben.

Reiselied

Sonne leuchte mir ins Herz hinein,
Wind verweh mir Sorgen und Beschwerden!
Tiefere Wonne weiß ich nicht auf Erden,
Als im Weiten unterwegs zu sein.

Nach der Ebne nehm ich meinen Lauf,
Sonne soll mich sengen, Meer mich kühlen;
Unsrer Erde Leben mitzufühlen
Tu ich alle Sinne festlich auf.

Und so soll mir jeder neue Tag
Neue Freunde, neue Brüder weisen,
Bis ich leidlos alle Kräfte preisen,
Aller Sterne Gast und Freund sein mag.

Gegenüber von Afrika

Heimathaben ist gut,
Süß der Schlummer unter eigenem Dach,
Kinder, Garten und Hund. Aber ach,
Kaum hast du vom letzten Wandern geruht,
Geht dir die Ferne mit neuer Verlockung nach.
Besser ist Heimweh leiden
Und unter den hohen Sternen allein
Mit seiner Sehnsucht sein.
Haben und rasten kann nur der,
Dessen Herz gelassen schlägt,
Während der Wandrer Mühsal und Reisebeschwer
In immer getäuschter Hoffnung trägt.
Leichter wahrlich ist alle Wanderqual,
Leichter als Friedefinden im Heimattal,
Wo in heimischer Freuden und Sorgen Kreis
Nur der Weise sein Glück zu bauen weiß.
Mir ist besser, zu suchen und nie zu finden,
Statt mich eng und warm an das Nahe zu binden,
Denn auch im Glücke kann ich auf Erden
Doch nur ein Gast und niemals ein Bürger werden.

Kein Trost

Zur Urwelt führt kein Weg zurück.
Es gibt kein Sternenheer,
Kein Wald und Strom und Meer
Der Seele Trost und Glück.

Es ist nicht Baum, noch Fluß, noch Tier
Dem Herzen zu erreichen;
Trost wird im Herzen dir
Allein bei deinesgleichen.

Gewitter im Urwald

Die Nacht ist ganz von Blitzen hell
Und zuckt in weißem Licht
Und flackert wild, verstört und grell
Über den Wald, den Strom und mein bleiches Gesicht.
Am kühlen Bambusstamm gelehnt
Steh ich und schaue unverwandt
Über das regengepeitschte, blasse Land,
Das sich nach Ruhe sehnt,
Und aus der fernen Jugend her
Blitzt mir aus regentrüber
Verdüsterung ein Freudenschrei herüber,
Daß doch nicht alles leer,
Daß doch nicht alles schal und dunkel sei,
Daß noch Gewitter sprühen
Und an der Tage ödem Zug vorbei
Geheimnisse und wilde Wunder glühen.
Tief atmend lausche ich dem Donner nach
Und spüre feucht den Sturm in meinem Haar
Und bin für Augenblicke tigerwach
Und froh, wie ich's in Knabenzeiten
Und seit den Knabenzeiten nie mehr war.

Ski-Rast

Am hohen Hang zur Fahrt bereit,
Halt ich am Stab für Augenblicke Rast
Und seh geblendet weit und breit
Die Welt in blau und weißem Glast,
Seh oben schweigend Grat an Grat
Die Berge einsam und erfroren;
Hinabwärts ganz in Glanz verloren
Durch Tal um Tal stürzt der geahnte Pfad.
Betroffen halt ich eine Weile,
Von Einsamkeit und Stille übermannt,
Und gleite abwärts an der schrägen Wand
Den Tälern zu in atemloser Eile.

Zusammenhang

Aus lang verschwundener Völker Liedern her
Klingt oft ein Ton verwandt uns bis ins Herz,
Daß wir betroffen und mit halbem Schmerz
Hinüberlauschen, ob dort Heimat wär.

So auch ist unsres Herzschlags Ab und Auf
In festem Bann geknüpft ans Herz der Welt,
Das unsern Schlaf und unser Wachen hält
Im Einklang mit der Sonn' und Sterne Lauf.

Und unsrer wildesten Wünsche trübe Flut
Und unsrer frechsten Träume Fieberbrand
Ist Geist vom Urgeist, der noch nie geruht.

So gehn wir, unsre Fackeln in der Hand,
Gezeugt, genährt von uralt heiliger Glut
Und ewig neuen Sonnen zugewandt.

Jeden Abend

Jeden Abend sollst du deinen Tag
Prüfen, ob er Gott gefallen mag,
Ob er freudig war in Tat und Treue,
Ob er mutlos lag in Angst und Reue;
Sollst die Namen deiner Lieben nennen,
Haß und Unrecht still vor dir bekennen,
Sollst dich alles Schlechten innig schämen,
Keinen Schatten mit ins Bette nehmen,
Alle Sorge von der Seele tun,
Daß sie fern und kindlich möge ruhn.

Dann getrost in dem geklärten Innern
Sollst du deines Liebsten dich erinnern,
Deiner Mutter, deiner Kinderzeit;
Sieh, dann bist du rein und bist bereit,
Aus dem kühlen Schlafborn tief zu trinken,
Wo die goldnen Träume tröstend winken,
Und den neuen Tag mit klaren Sinnen
Als ein Held und Sieger zu beginnen.

Die Kindheit

Du bist, mein fernes Tal,
Verzaubert und versunken.
Oft hast du mir in Not und Qual
Empor aus deinem Schattenland gewunken
Und deine Märchenaugen aufgetan,
Daß ich entzückt in kurzem Wahn
Mich ganz zu dir zurück verlor.

O dunkles Tor,
O dunkle Todesstunde,
Komm du heran, daß ich gesunde
Und daß aus dieses Lebens Leere
Ich heim zu meinen Träumen kehre!

Die ersten Blumen

Neben dem Bach
Den roten Weiden nach
Haben in diesen Tagen
Gelbe Blumen viel
Ihre Goldaugen aufgeschlagen.
Und mir, der längst aus der Unschuld fiel,
Rührt sich Erinnerung im Grunde
An meines Lebens goldene Morgenstunde
Und sieht mich hell aus Blumenaugen an.
Ich wollte Blumen brechen gehn;
Nun laß ich sie alle stehn
Und gehe heim, ein alter Mann.

Gute Stunde

Erdbeeren glühn im Garten,
Ihr Duft ist süß und voll,
Mir ist, ich müsse warten,
Daß durch den grünen Garten
Bald meine Mutter kommen soll.
Mir ist, ich bin ein Knabe
Und alles war geträumt,
Was ich vertan, versäumt,
Verspielt, verloren habe.
Noch liegt im Gartenfrieden
Die reiche Welt vor mir,
Ist alles mir beschieden,
Gehöret alles mir.
Benommen bleib ich stehen
Und wage keinen Schritt,
Daß nicht die Düfte verwehen
Und meine gute Stunde mit.

Elegie im September

Feierlich leiert sein Lied in den düsteren Bäumen
der Regen,
Über dem Waldgebirg weht schon erschauerndes Braun.
Freunde, der Herbst ist nah, schon äugt er lauernd am
Wald hin;
Leer auch starret das Feld, nur von den Vögeln besucht.
Aber am südlichen Hang reift blau am Stabe die Traube,
Glut und heimlichen Trost birgt ihr gesegneter Schoß.
Bald wird alles, was heut noch in Saft und rauschendem
Grün steht,
Bleich und frierend vergehn, sterben im Nebel und Schnee;
Nur der wärmende Wein und bei Tafel der lachende Apfel
Wird noch vom Sommer und Glanz sonniger Tage
erglühn.
So auch altert der Sinn uns und kostet im zögernden
Winter,
Dankbar der wärmenden Glut, gern der Erinnerung Wein,
Und von zerronnener Tage verflatterten Festen
und Freuden
Geistern in schweigendem Tanz selige Schatten
durchs Herz.

Fahrt im Aeroplan

Durch dünne Lüfte hingerissen,
Das Herz vor wildem Jubel matt,
So fliegen wir im Ungewissen
Hoch über Acker, Fluß und Stadt.

Die Erde weicht und sinkt entlegen
In kleine Nichtigkeit zurück,
Mit atemlosen Flügelschlägen
Erobern wir der Ferne Glück.

Und alle Nähe ist versunken,
Die Welt ward unabsehbar weit,
Wir fliehn erschreckt, doch heimlich trunken
Durch uferlose Einsamkeit …

Der Blütenzweig

Immer hin und wider
Strebt der Blütenzweig im Winde,
Immer auf und nieder
Strebt mein Herz gleich einem Kinde
Zwischen hellen, dunklen Tagen,
Zwischen Wollen und Entsagen.

Bis die Blüten sind verweht
Und der Zweig in Früchten steht,
Bis das Herz, der Kindheit satt,
Seine Ruhe hat
Und bekennt: voll Lust und nicht vergebens
War das unruhvolle Spiel des Lebens.

Im Grase liegend

Ist dies nun alles, Blumengaukelspiel
Und Farbenflaum der lichten Sommerwiese,
Zartblau gespannter Himmel, Bienensang,
Ist dies nun alles eines Gottes
Stöhnender Traum,
Schrei unbewußter Kräfte nach Erlösung?
Des Berges ferne Linie,
Die schön und kühn im Blauen ruht,
Ist denn auch sie nur Krampf,
Nur wilde Spannung gärender Natur,
Nur Weh, nur Qual, nur sinnlos tastende,
Nie rastende, nie selige Bewegung?
Ach nein! Verlaß mich du, unholder Traum
Vom Leid der Welt!
Dich wiegt ein Mückentanz im Abendglast,
Dich wiegt ein Vogelruf,
Ein Windhauch auf, der mir die Stirn
Mit Schmeicheln kühlt.
Verlaß mich du, uraltes Menschenweh!
Mag alles Qual,
Mag alles Leid und Schatten sein –
Doch diese eine süße Sonnenstunde nicht,
Und nicht der Duft vom roten Klee,
Und nicht das tiefe, zarte Wohlgefühl
In meiner Seele.

Ode an Hölderlin

Freund meiner Jugend, zu dir kehr ich voll Dankbarkeit
Manchen Abend zurück, wenn im Fliedergebüsch
Des entschlummerten Gartens
Nur der rauschende Brunnen noch tönt.

Keiner kennt dich, o Freund; weit hat die neuere Zeit
Sich von Griechenlands stillen Zaubern entfernt,
Ohne Gebet und entgöttert
Wandelt nüchtern das Volk im Staub.

Aber der heimlichen Schar innig Versunkener,
Denen der Gott die Seele mit Sehnsucht schlug,
Ihr erklingen die Lieder
Deiner göttlichen Harfe noch heut.

Sehnlich wenden wir uns, vom Tag Ermüdete,
Der ambrosischen Nacht deiner Gesänge zu,
Deren wehender Fittich
Uns beschattet mit goldenem Traum.

Ach, und glühender brennt, wenn dein Lied uns entzückt,
Schmerzlicher brennt nach der Vorzeit seligem Land,
Nach den Tempeln der Griechen
Unser ewiges Heimweh auf.

Der Dichter

Reiner atmet der Garten im Tau der Nacht,
Stiller brandet vom Tale die Stadt herauf,
Blumen schimmern im Dunkeln
Geisterhaft blaß wie aus Träumen her.

Mir allein, der ich müde der Sonne bin,
Kühlt auch der Abend die brennende Stirne nicht,
Mir verschmachten die Sinne
Dürstender als am Tage noch.

Ungestillt verzehrt mich die Leidenschaft,
Die ich des Tags mit so viel Listen betrog,
Ach, nun steht sie verzweifelt
Aus der kurzen Betäubung auf.

Liebe atmet der Baum und Liebe der Mond,
Liebe träumen die Blumen im schwarzen Laub,
Nur ich Einsamer dürste
Ungeliebt in der lachenden Welt.

Mädchen bleiben und Männer bezaubert stehn,
Wenn durchs Gebüsch meine einsame Laute tönt,
Und in Liedern verblutet
Statt in Liebesarmen mein Herz.

Keine Rast

Seele, banger Vogel du,
Immer wieder mußt du fragen:
Wann nach so viel wilden Tagen
Kommt der Friede, kommt die Ruh?

O ich weiß: kaum haben wir
Unterm Boden stille Tage,
Wird vor neuer Sehnsucht dir
Jeder liebe Tag zur Plage.

Und du wirst, geborgen kaum,
Dich um neue Leiden mühen
Und voll Ungeduld den Raum
Als der jüngste Stern durchglühen.

Im Kreuzgang

Verzaubert in der Jugend grünem Tale
Steh ich am moosigen Säulenschaft gelehnt
Und horche, wie in seiner kühlen Schale
Der Brunnen klingend die Gewölbe dehnt.

Und alles ist so schön und still geblieben,
Nur ich ward älter, und die Leidenschaft,
Der Seele dunkler Quell in Haß und Lieben,
Strömt nicht mehr in der alten wilden Kraft.

Hier ward mein erster Jugendtraum zunichte,
An schlecht verheilter Wunde litt ich lang,
Nun liegt er fern und ward zum Traumgesichte
Und wird in guter Stunde zum Gesang.

Die Seele, die nach Ewigkeit begehrte,
Trägt nun Vergänglichkeit als liebe Last
Und ist auf der erspürten Jugendfährte
Noch einmal still und ohne Groll zu Gast.

Nun singet, Wasser, tief in eurer Schale,
Mir ward das Leben längst ein flüchtig Kleid,
Nun tummle, Jugend, dich in meinem Tale
Und labe dich am Traum der Ewigkeit!

Friede

Oktober 1914

Jeder hat's gehabt,
Keiner hat's geschätzt,
Jeden hat der süße Quell gelabt,
O wie klingt der Name Friede jetzt!

Klingt so fern und zag,
Klingt so tränenschwer,
Keiner weiß und kennt den Tag,
Jeder sehnt ihn voll Verlangen her.

Sei willkommen einst,
Erste Friedensnacht,
Milder Stern, wenn endlich du erscheinst
Überm Feuerdampf der letzten Schlacht.

Dir entgegen blickt
Jede Nacht mein Traum,
Ungeduldig rege Hoffnung pflückt
Ahnend schon die goldne Frucht vom Baum.

Sei willkommen einst,
Wenn aus Blut und Not
Du am Erdenhimmel uns erscheinst,
Einer andern Zukunft Morgenrot!

November 1914

Wald läßt die Blätter sinken,
Talnebel hängen schwer,
Es hat der Strom kein Blinken,
Der Wald kein Rauschen mehr.

Da kommt der Sturm gepfiffen
Und schüttelt lichtes Haar
Und fegt mit festen Griffen
Das Land vom Nebel klar.

Er schont nicht Laub nicht Äste,
Nichts Hübsches ist ihm wert,
Der Vogel bangt im Neste,
Der Bauer friert am Herd.

Räum auf und brich in Scherben,
Was nimmer halten mag,
Und reiß aus Nacht und Sterben
Empor den lichten Tag!

Neues Erleben

Wieder seh ich Schleier sinken,
Und Vertrautestes wird fremd,
Neue Sternenräume winken,
Seele schreitet traumgehemmt.

Abermals in neuen Kreisen
Ordnet sich um mich die Welt,
Und ich seh mich eiteln Weisen
Als ein Kind hineingestellt.

Doch aus früheren Geburten
Zuckt entfernte Ahnung her:
Sterne sanken, Sterne wurden,
Und der Raum war niemals leer.

Seele beugt sich und erhebt sich,
Atmet in Unendlichkeit,
Aus zerrißnen Fäden webt sich
Neu und schöner Gottes Kleid.

An die Freunde in schwerer Zeit

Auch in diesen dunklern Stunden,
Liebe Freunde, laßt mich gelten;
Ob ich's hell, ob trüb gefunden,
Nie will ich das Leben schelten.

Sonnenschein und Ungewitter
Sind desselben Himmels Mienen;
Schicksal soll, ob süß ob bitter,
Mir als liebe Speise dienen.

Seele geht verschlungene Pfade,
Lernet ihre Sprache lesen!
Morgen preist sie schon als Gnade,
Was ihr heute Qual gewesen.

Sterben können nur die Rohen,
Andre will die Gottheit lehren,
Aus dem Niedern, aus dem Hohen
Seelenhaften Sinn zu nähren.

Erst auf jenen letzten Stufen
Dürfen wir uns Ruhe gönnen,
Wo wir, väterlich gerufen,
Schon den Himmel schauen können.

Tag im Gebirg

Singe, mein Herz, heut ist deine Stunde!
Morgen, da liegst du tot:
Sterne scheinen, du siehst sie nicht,
Vögel singen, du hörst sie nicht –
Singe, mein Herz, so lang deine Stunde loht,
Deine flüchtige Stunde!

Sonne lacht überm sternig flimmernden Schnee,
Wolken ruhen fern überm Tale im Kranz,
Alles ist neu, alles ist Glut und Glanz,
Kein Schatten drückt, keine Sorge tut weh.
Atmen tut wohl, Atmen ist Seligkeit,
Ist Gebet und Gesang,
Atme, Seele, öffne der Sonne dich weit
Deine flüchtige Stunde lang!

Süß ist Leben, süß ist Wonne und Schmerz,
Selig jede verstäubende Flocke im Wind,
Selig bin ich, ich bin der Schöpfung Herz,
Bin der Erde und Sonne geliebtes Kind
Eine Stunde lang,
Eine lachende Stunde lang,
Bis die Flocke verstiebt im Wind.

Singe, mein Herz, heut ist deine Stunde!
Morgen, da liegst du tot:
Sterne scheinen, du siehst sie nicht,
Vögel singen, du hörst sie nicht –
Singe, mein Herz, so lang deine Stunde loht,
Deine flüchtige Stunde.

Auf einem nächtlichen Marsch

Sturm und schräger Regenstrich,
Schwarze Felderweite,
Wolkenschatten feierlich
Geben uns Geleite.

Plötzlich aus erhelltem Schacht
Dunkler Wolkenhänge
Blickt die monderfüllte Nacht
Still in das Gedränge.

Himmelsinseln blauen rein,
Strenge Sterne grüßen,
Wolkenrand im Mondesschein
Wallt in Silberflüssen.

Seele, Seele, sei bereit!
Ferne Brüder rufen
Aus der Finsternis der Zeit
Dich zu goldnen Stufen.

Seele, nimm das Zeichen an,
Bade dich im Weiten!
Gott wird deine dunkle Bahn
Noch zum Lichte leiten.

Im Altwerden

Jung sein und Gutes tun ist leicht,
Und von allem Gemeinen entfernt sein;
Aber lächeln, wenn schon der Herzschlag schleicht,
Das will gelernt sein.

Und wem's gelingt, der ist nicht alt,
Der steht noch hell in Flammen
Und biegt mit seiner Faust Gewalt
Die Pole der Welt zusammen.

Weil wir den Tod dort warten sehn,
Laß uns nicht stehen bleiben.
Wir wollen ihm entgegengehn,
Wir wollen ihn vertreiben.

Der Tod ist weder dort noch hier,
Er steht auf allen Pfaden.
Er ist in dir und ist in mir,
Sobald wir das Leben verraten.

Beim Wiederlesen des Maler Nolten

Bescheiden klopf ich wieder an dein Tor
Und tret in den geliebten Garten ein,
Da atm ich meiner Jugend Lieblingsflor
Aufs neue mit geschärften Sinnen ein.

Herüber duftet aus der Jugendzeit
Begeisterung entrückter Lesestunden,
Doch hab ich nie so tief wie jetzt im Leid
Geliebter Dichtung innigen Wert empfunden.

Aus kühlen Grotten ruft mir Blütenglut
Und süße Leidenschaft ihr Lied ins Herz,
Und heilig wird, was sonst so wehe tut;
Die Dichtung winkt, und lächeln lernt der Schmerz.

Frühling in Locarno

Wipfel wehn in dunklem Feuer.
Im vertrauensvollen Blau
Zeigt sich kindlicher und neuer
Alles aufgetan zur Schau.

Alte oftbegangne Stufen
Schmeicheln klug den Berg hinan,
Von verbrannter Mauer rufen
Frühste Blumen zart mich an.

Bergbach wühlt in grünen Kressen,
Felsen tropft und Sonne leckt,
Sieht mich willig zu vergessen,
Daß die Fremde bitter schmeckt.

Blume, Baum, Vogel

Bist allein im Leeren,
Glühst einsam, Herz,
Grüßt dich am Abgrund
Dunkle Blume Schmerz.

Reckt seine Äste
Der hohe Baum Leid,
Singt in den Zweigen
Vogel Ewigkeit.

Blume Schmerz ist schweigsam,
Findet kein Wort,
Der Baum wächst bis in die Wolken,
Und der Vogel singt immerfort.

Regen

Lauer Regen, Sommerregen
Rauscht von Büschen, rauscht von Bäumen,
Oh, wie gut und voller Segen,
Einmal wieder satt zu träumen!

War so lang im Hellen draußen,
Ungewohnt ist mir dies Wogen:
In der eignen Seele hausen,
Nirgend fremdwärts hingezogen.

Nichts begehr ich, nichts verlang ich,
Summe leise Kindertöne,
Und verwundert heim gelang ich
In der Träume warme Schöne.

Herz, wie bist du wundgerissen,
Und wie selig, blind zu wühlen,
Nicht zu denken, nicht zu wissen,
Nur zu fühlen, nur zu fühlen!

Wiedersehen

Hast du das ganz vergessen,
Daß einst dein Arm in meinem hing
Und Wonne unermessen
Von deiner Hand in meine Hand
Von meinem Mund in deinen überging,
Und daß dein blondes Haar
Einst einen flüchtigen Frühling lang
Der selige Mantel meiner Liebe war,
Und daß die Welt einst duftete und klang,
Die jetzt so grau verdrossen liegt,
Von keinem Liebessturm, von keiner Torheit mehr gewiegt?

Was wir einander wehe tun,
Die Zeit verweht's, das Herz vergißt;
Die seligen Stunden aber ruhn
In einem Glanz, der ohne Ende ist.

Im vierten Kriegsjahr

Wenn auch der Abend kalt und traurig ist
Und Regen rauscht,
Ich singe doch mein Lied zu dieser Frist,
Weiß nicht, wer lauscht.

Wenn auch die Welt in Krieg und Angst erstickt,
An manchem Ort
Brennt heimlich doch, ob niemand sie erblickt,
Die Liebe fort.

Andacht

Was Menschen wollen,
Das führt zu Blut und Schuld und Schlachtenrollen.
Wer dich, Natur, erst fand,
Dem wird zur heiligen Heimat jedes Land
Und jeder Mensch verwandt.

Wind weht und Wasser fällt
In aller Welt,
Und blaue Luft und Meerkristall
Ist überall.
Goldwolke zart am Horizont
Und sanfter Mond,
Tierschrei im Wald, gedehntes Seegestade,
Vogelgezirp, Berg, Birken, Felsenpfade –
Das ist mein Schatz, ist meines Herzens Gut,
Mein Seelentrost, in dem sich's sicher ruht.

Miß keine Schuld an andrer Schuld!
Miß dich und deinen Schritt
An der Natur unendlicher Geduld;
Sie trägt dich mit.
Bei ihr sei du zu Haus,
Und Abend trifft und Morgen
Dich fährdelos geborgen
Im Vaterhaus.

Bekenntnis

Holder Schein, an deine Spiele
Sieh mich willig hingegeben;
Andre haben Zwecke, Ziele,
Mir genügt es schon, zu leben.

Gleichnis will mir alles scheinen,
Was mir je die Sinne rührte,
Des Unendlichen und Einen,
Das ich stets lebendig spürte.

Solche Bilderschrift zu lesen,
Wird mir stets das Leben lohnen,
Denn das Ewige, das Wesen,
Weiß ich in mir selber wohnen.

Malerfreude

Äcker tragen Korn und kosten Geld,
Wiesen sind von Stacheldraht umlauert,
Notdurft sind und Habsucht aufgestellt,
Alles scheint verdorben und vermauert.

Aber hier in meinem Auge wohnt
Eine andre Ordnung aller Dinge,
Violett zerfließt und Purpur thront.
Deren unschuldvolles Lied ich singe.

Gelb zu Gelb, und Gelb zu Rot gesellt,
Kühle Bläuen rosig angeflogen!
Licht und Farbe schwingt von Welt zu Welt,
Wölbt und tönt sich aus in Liebeswogen.

Geist regiert, der alles Kranke heilt,
Grün klingt auf aus neugeborener Quelle,
Neu und sinnvoll wird die Welt verteilt,
Und im Herzen wird es froh und helle.

Bücher

Alle Bücher dieser Welt
Bringen dir kein Glück,
Doch sie weisen dich geheim
In dich selbst zurück.

Dort ist alles, was du brauchst,
Sonne, Stern und Mond,
Denn das Licht, danach du frugst,
In dir selber wohnt.

Weisheit, die du lang gesucht
In den Büchereien,
Leuchtet jetzt aus jedem Blatt –
Denn nun ist sie dein.

Voll Blüten

Voll Blüten steht der Pfirsichbaum,
Nicht jede wird zur Frucht,
Sie schimmern hell wie Rosenschaum
Durch Blau und Wolkenflucht.

Wie Blüten gehn Gedanken auf,
Hundert an jedem Tag –
Laß blühen! laß dem Ding den Lauf!
Frag nicht nach dem Ertrag!

Es muß auch Spiel und Unschuld sein
Und Blütenüberfluß,
Sonst wär die Welt uns viel zu klein
Und Leben kein Genuß.

Abends

Abends gehn die Liebespaare
Langsam durch das Feld,
Frauen lösen ihre Haare,
Händler zählen Geld,
Bürger lesen bang das Neuste
In dem Abendblatt,
Kinder ballen kleine Fäuste,
Schlafen tief und satt.
Jeder tut das einzig Wahre,
Folgt erhabner Pflicht,
Säugling, Bürger, Liebespaare –
Und ich selber nicht?

Doch! Auch meiner Abendtaten,
Deren Sklav' ich bin,
Kann der Weltgeist nicht entraten,
Sie auch haben Sinn.
Und so geh ich auf und nieder,
Tanze innerlich,
Summe dumme Gassenlieder,
Lobe Gott und mich,
Trinke Wein und phantasiere,
Daß ich Pascha wär,
Fühle Sorgen an der Niere,
Lächle, trinke mehr,
Sage ja zu meinem Herzen
(Morgens geht es nicht),
Spinne aus vergangenen Schmerzen
Spielend ein Gedicht,

Sehe Mond und Sterne kreisen,
Ahne ihren Sinn,
Fühle mich mit ihnen reisen
Einerlei wohin.

Sommernacht

Die Bäume tropfen vom Gewitterguß,
Im nassen Laub glänzt Mondlicht kühlvertraut,
Vom Tal herauf der unsichtbare Fluß
Tönt dunkel her mit ruhelosem Laut.

Jetzt im Gehöfte schlagen Hunde an –
O Sommernacht und halbverhangene Sterne,
Wie reißt es mir auf eurer bleichen Bahn
Das Herz hinaus in Reiserausch und Ferne!

Bruder Tod

Auch zu mir kommst du einmal,
Du vergißt mich nicht,
Und zu Ende ist die Qual,
Und die Kette bricht.

Noch erscheinst du fremd und fern,
Lieber Bruder Tod,
Stehest als ein kühler Stern
Über meiner Not.

Aber einmal wirst du nah
Und voll Flammen sein –
Komm, Geliebter, ich bin da,
Nimm mich, ich bin dein.

Magie der Farben

Gottes Atem hin und wider,
Himmel oben, Himmel unten,
Licht singt tausendfache Lieder,
Gott wird Welt im farbig Bunten.

Weiß zu Schwarz und Warm zum Kühlen
Fühlt sich immer neu gezogen,
Ewig aus chaotischem Wühlen
Klärt sich neu der Regenbogen.

So durch unsre Seele wandelt
Tausendfalt in Qual und Wonne
Gottes Licht, erschafft und handelt,
Und wir preisen Ihn als Sonne.

Schicksalstage

Wenn die trüben Tage grauen,
Kalt und feindlich blickt die Welt,
Findet scheu sich dein Vertrauen
Ganz auf dich allein gestellt.

Aber in dich selbst verwiesen
Aus der alten Freuden Land,
Siehst du neuen Paradiesen
Deinen Glauben zugewandt.

Als dein Eigenstes erkennst du,
Was dir fremd und feind erschien,
Und mit neuen Namen nennst du
Dein Geschick und nimmst es hin.

Was dich zu erdrücken drohte,
Zeigt sich freundlich, atmet Geist,
Ist ein Führer, ist ein Bote,
Der dich hoch und höher weist.

Nelke

Rote Nelke blüht im Garten,
Läßt verliebte Düfte glühen,
Will nicht schlafen, will nicht warten,
Einen Trieb nur hat die Nelke:
Rascher, heißer, wilder blühen!

Eine Flamme seh ich prangen,
Wind in ihre Röte rennen,
Und sie zittert vor Verlangen,
Einen Trieb nur hat die Flamme:
Rascher, rascher zu verbrennen!

Du in meinem Blute innen,
Liebe du, was soll dein Träumen?
Willst ja nicht in Tropfen rinnen,
Willst in Strömen, willst in Fluten
Dich vergeuden, dich verschäumen!

Weg nach innen

Wer den Weg nach innen fand,
Wer in glühndem Sichversenken
Je der Weisheit Kern geahnt,
Daß sein Sinn sich Gott und Welt
Nur als Bild und Gleichnis wähle:
Ihm wird jedes Tun und Denken
Zwiegespräch mit seiner eignen Seele,
Welche Welt und Gott enthält.

Vergänglichkeit

Vom Baum des Lebens fällt
Mir Blatt um Blatt,
O taumelbunte Welt,
Wie machst du satt,
Wie machst du satt und müd,
Wie machst du trunken!
Was heut noch glüht,
Ist bald versunken.
Bald klirrt der Wind
Über mein braunes Grab,
Über das kleine Kind
Beugt sich die Mutter herab.
Ihre Augen will ich wiedersehn,
Ihr Blick ist mein Stern,
Alles andre mag gehn und verwehn,
Alles stirbt, alles stirbt gern.
Nur die ewige Mutter bleibt,
Von der wir kamen,
Ihr spielender Finger schreibt
In die flüchtige Luft unsre Namen.

Falter im Wein

In meinen Becher mit Wein ist ein Falter geflogen,
Trunken ergibt er sich seinem süßen Verderben,
Rudert erlahmend im Naß und ist willig zu sterben;
Endlich hat ihn mein Finger herausgezogen.

So ist mein Herz, von deinen Augen verblendet,
Selig im duftenden Becher der Liebe versunken,
Willig zu sterben, vom Wein deines Zaubers betrunken,
Wenn nicht ein Wink deiner Hand mein Schicksal vollendet.

Altwerden

All der Tand, den Jugend schätzt,
Auch von mir ward er verehrt,
Locken, Schlipse, Helm und Schwert,
Und die Weiblein nicht zuletzt.

Aber nun erst seh ich klar,
Da für mich, den alten Knaben,
Nichts von allem mehr zu haben,
Aber nun erst seh ich klar,
Wie dies Streben weise war.

Zwar vergehen Band und Locken
Und der ganze Zauber bald;
Aber was ich sonst gewonnen,
Weisheit, Tugend, warme Socken,
Ach, auch das ist bald zerronnen,
Und auf Erden wird es kalt.

Herrlich ist für alte Leute
Ofen und Burgunder rot
Und zuletzt ein sanfter Tod –
Aber später, noch nicht heute.

Häuser, Felder, Gartenzaun

Liebe Häuser, lieber Gartenzaun,
Weiher, Feld und Wiese, Straßenschlange,
Gelber Hügel, Acker rot und braun,
Fett erblühte Telegraphenstange,
Müßt auch ihr, ihr alle, einst vergehn,
Sterben, modern, faulen, schwinden,
Hingemäht, verblasen von den Winden,
Und die gute Sonne nimmer sehn?
Baum, du Freund, wirst denn auch du zu Staub,
Fensterladen grün und rote Dächer?
O so rauscht doch heut noch Halm und Laub,
Glüht noch heut der volle Liebesbecher!
Trinken will ich euch, geht in mich ein,
Gras und See und Palme will ich sein!
Warum bin ich so von euch geschieden?
Lügt ihr? Seid ihr selig? Habt ihr Frieden?
Bin nur ich allein vom Brand verzehrt,
Der so süß und heiß und schmerzend loht,
Der mir Taumel gibt und Frieden wehrt,
Leide ich allein an Zeit, an Angst, an Tod?
O ihr schweigt, ihr mahnt mich ohne Wort:
Leide, male, dichte, lebe fort!
Trinke uns und laß uns trinken dich,
Ehe dir und uns der Tag verblich!

Der Maler malt eine Fabrik im Tal

Du auch bist schön, Fabrik im grünen Tal,
Ob auch verhaßter Dinge Sinnbild und Heimat:
Jagd nach Geld, Sklaverei, düstre Gefangenschaft.
Du auch bist schön! Oft erfreut
Deiner Dächer zärtliches Rot mir das Auge
Und dein Mast, deine Fahne: das stolze Kamin!
Sei gegrüßt auch du und geliebt,
Holdes verschossenes Blau an ärmlichen Häusern,
Wo es nach Seife, nach Bier und nach Kindern riecht!
In der Wiesen Grün, in das Violett der Äcker
Spielt das Häusergeschachtel und Dächerrot
Freudig hinein, freudig und doch auch zart,
Bläsermusik, Oboe und Flöte verwandt.
Lachend tauch ich den Pinsel in Lack und Zinnober.
Wische über die Felder mit staubigem Grün,
Aber schöner als alles leuchtet das rote Kamin,
Senkrecht in diese törichte Welt gestellt,
Ungeheuer stolz, ebenso schön wie lächerlich,
Zeiger an eines Riesen kindlicher Sonnenuhr.

Gestutzte Eiche

Wie haben sie dich, Baum, verschnitten,
Wie stehst du fremd und sonderbar!
Wie hast du hundertmal gelitten,
Bis nichts in dir als Trotz und Wille war!
Ich bin wie du, mit dem verschnittnen,
Gequälten Leben brach ich nicht
Und tauche täglich aus durchlittnen
Roheiten neu die Stirn ins Licht.
Was in mir weich und zart gewesen,
Hat mir die Welt zu Tod gehöhnt,
Doch unzerstörbar ist mein Wesen,
Ich bin zufrieden, bin versöhnt,
Geduldig neue Blätter treib ich
Aus Ästen hundertmal zerspellt,
Und allem Weh zu Trotze bleib ich
Verliebt in die verrückte Welt.

Gang im Spätherbst

Herbstregen hat im grauen Wald gewühlt,
Im Morgenwind aufschauert kalt das Tal,
Hart fallen Früchte vom Kastanienbaum
Und bersten auf und lachen feucht und braun.

In meinem Leben hat der Herbst gewühlt,
Zerfetzte Blätter zerrt der Wind davon
Und rüttelt Ast um Ast – wo ist die Frucht?

Ich blühte Liebe, und die Frucht war Leid.
Ich blühte Glaube, und die Frucht war Haß.
An meinen dürren Ästen reißt der Wind,
Ich lach ihn aus, noch halt ich Stürmen stand.

Was ist mir Frucht? Was ist mir Ziel! – Ich blühte,
Und Blühen war mein Ziel. Nun welk ich,
Und Welken ist mein Ziel, nichts andres,
Kurz sind die Ziele, die das Herz sich steckt.

Gott lebt in mir, Gott stirbt in mir, Gott leidet
In meiner Brust, das ist mir Ziel genug.
Weg oder Irrweg, Blüte oder Frucht,
Ist alles eins, sind alles Namen nur.

Im Morgenwind aufschauert kalt das Tal,
Hart fallen Früchte vom Kastanienbaum
Und lachen hart und hell. Ich lache mit.

Erster Schnee

Alt geworden bist du, grünes Jahr,
Blickst schon welk und trägst schon Schnee im Haar,
Gehst schon müd und hast den Tod im Schritt –
Ich begleite dich, ich sterbe mit.

Zögernd geht das Herz den bangen Pfad,
Angstvoll schläft im Schnee die Wintersaat.
Wieviel Äste brach mir schon der Wind,
Deren Narben nun mein Panzer sind!
Wieviel bittre Tode starb ich schon!
Neugeburt war jedes Todes Lohn.

Sei willkommen, Tod, du dunkles Tor!
Jenseits läutet hell des Lebens Chor.

Alle Tode

Alle Tode bin ich schon gestorben,
Alle Tode will ich wieder sterben,
Sterben den hölzernen Tod im Baum,
Sterben den steinernen Tod im Berg,
Irdenen Tod im Sand,
Blätternen Tod im knisternden Sommergras
Und den armen, blutigen Menschentod.

Blume will ich wieder geboren werden,
Baum und Gras will ich wieder geboren werden,
Fisch und Hirsch, Vogel und Schmetterling.
Und aus jeder Gestalt
Wird mich Sehnsucht reißen die Stufen
Zu den letzten Leiden,
Zu den Leiden des Menschen hinan.

O zitternd gespannter Bogen,
Wenn der Sehnsucht rasende Faust
Beide Pole des Lebens
Zueinander zu biegen verlangt!
Oft noch und oftmals wieder
Wirst du mich jagen von Tod zu Geburt
Der Gestaltungen schmerzvolle Bahn,
Der Gestaltungen herrliche Bahn.

Liebeslied

Ich bin der Hirsch und du das Reh,
Der Vogel du und ich der Baum,
Die Sonne du und ich der Schnee,
Du bist der Tag und ich der Traum.

Nachts aus meinem schlafenden Mund
Fliegt ein Goldvogel zu dir,
Hell ist seine Stimme, sein Flügel bunt,
Der singt dir das Lied von der Liebe,
Der singt dir das Lied von mir.

Bei einem Abschied

O Abschiednehmen für ungewisse Zeit,
Voll von Ahnung verfehlter und schmerzlicher Lose!
Duftend welkt in der Hand die unwiederbringliche Rose,
Und das geängstigte Herz sucht Schlummer und Dunkelheit.
Aber oben unwandelbar stehen die Sterne,
Ihnen folgen wir immer, auch ungewollt,
Ihnen entgegen durch Licht und durch Dunkel rollt
Unser Schicksal, und ihnen gehorchen wir gerne.

Manchmal

Manchmal scheint uns alles falsch und traurig,
Wenn wir schwach und müd in Schmerzen liegen,
Jede Regung will zur Trauer werden,
Jede Freude hat gebrochne Flügel,
Und wir lauschen sehnlich in die Weiten
Ob von dorther neue Freude käme.

Aber keine Freude kommt, kein Schicksal
Je von außen uns. Ins eigene Wesen
Müssen wir, vorsichtige Gärtner, lauschen,
Bis von dort mit Blumenangesichtern
Neue Freuden wachsen, neue Kräfte.

März

An dem grün beflognen Hang
Ist schon Veilchenblau erklungen,
Nur den schwarzen Wald entlang
Liegt noch Schnee in zackigen Zungen.
Tropfen aber schmilzt um Tropfen hin,
Aufgesogen von der durstigen Erde,
Und am blassen Himmel oben ziehn
Lämmerwolken in beglänzter Herde.
Finkenruf verliebt schmilzt im Gesträuch:
Menschen, singt auch ihr und liebet euch!

Der Liebende

Nun liegt dein Freund wach in der milden Nacht,
Noch warm von dir, noch voll von deinem Duft,
Von deinem Blick und Haar und Kuß – o Mitternacht,
O Mond und Stern und blaue Nebelluft!
In dich, Geliebte, steigt mein Traum
Tief wie in Meer, Gebirg und Kluft hinein,
Verspritzt in Brandung und verweht zu Schaum,
Ist Sonne, Wurzel, Tier,
Nur um bei dir,
Um nah bei dir zu sein.
Saturn kreist fern und Mond, ich seh sie nicht,
Seh nur in Blumenblässe dein Gesicht,
Und lache still und weine trunken,
Nicht Glück, nicht Leid ist mehr,
Nur du, nur ich und du, versunken
Ins tiefe All, ins tiefe Meer,
Darein sind wir verloren,
Drin sterben wir und werden neugeboren.

Der Pilger

Immer war ich auf der Fahrt,
Immer Pilgersmann,
Wenig hab ich mir bewahrt,
Glück und Weh zerrann.

Unbekannt war Sinn und Ziel
Meiner Wanderschaft,
Tausend Male, daß ich fiel,
Neu mich aufgerafft!

Ach, es war der Liebe Stern,
Den ich suchen ging,
Der so heilig und so fern
In den Höhen hing.

Eh das Ziel mir war bewußt,
Wanderte ich leicht,
Habe manche Höhenlust,
Manches Glück erreicht.

Nun ich kaum den Stern erkannt,
Ist es schon zu spät,
Hat er schon sich abgewandt,
Morgenschauer weht.

Abschied nimmt die bunte Welt,
Die so lieb mir ward.
Hab ich auch das Ziel verfehlt,
Kühn war doch die Fahrt.

Liebeslied

Ich wollt ich wär eine Blume,
Du kämest still gegangen,
Nähmst mich zum Eigentume
In deine Hand gefangen.

Auch wär ich gern ein roter Wein
Und flösse süß durch deinen Mund
Und ganz und gar in dich hinein
Und machte dich und mich gesund.

Irgendwo

Durch des Lebens Wüste irr ich glühend
Und erstöhne unter meiner Last,
Aber irgendwo, vergessen fast,
Weiß ich schattige Gärten kühl und blühend.

Aber irgendwo in Traumesferne
Weiß ich warten eine Ruhestatt,
Wo die Seele wieder Heimat hat,
Weiß ich Schlummer warten, Nacht und Sterne.

Schizophren

Das Lied ist aus,
Wollen Sie also gefälligst wenden,
Entgürten Sie Ihre Lenden
Und fühlen Sie sich hier, bitte, wie zu Haus!
Legen Sie ab Ihre werte Persönlichkeit
Und wählen Sie sich als Abendkleid
Eine beliebige Inkarnation,
Den Don Juan oder den verlorenen Sohn
Oder die große Hure von Babylon,
Es geschieht nur zur besseren Belügung,
Die Garderobe steht ganz zu Ihrer Verfügung.

Haben Sie vielleicht meine Eltern gekannt?
Sie zählten zu den Stillen im Land,
Doch waren auch sie von der Erbsünde gehetzt,
Sonst hätten sie mich nicht in die Welt gesetzt.
Indes spielt dies hier eigentlich keine Rolle,
Zur Fortpflanzung bediene ich mich der Knolle,
Es ist das höchste Glück auf Erden
Und kann auch elektrisch betrieben werden.
So werden Sie wohl freundlichst gestatten,
Daß wir beide uns höflich begatten,
Wie es sich ziemt zwischen Vater und Sohn.
Vielleicht bedienen Sie inzwischen das Grammophon
Während ich im Ständeratsaale
Die amtlichen Begattungssteuern bezahle.

Paradies-Traum

Es duften blaue Blumen hier und dort,
Mit bleichem Blick hält Lotos mich gefangen,
In jedem Blatte schweigt ein Zauberwort,
Aus allen Zweigen äugen still die Schlangen.
Aus Blumenkelchen wachsen straffe Leiber,
Mit Tigeraugen blinzeln aus dem Grün
Der blühenden Sümpfe lauernd weiße Weiber,
Aus deren Haaren rote Blumen glühn.
Es duftet feucht nach Zeugung und Verführung,
Nach dunkler Wollust unerprobter Sünden,
Unwiderstehlich aus verschlafnen Gründen
Lockt Frucht an Frucht zu kosender Berührung,
Geschlecht und Wonne atmet jeder Hauch
Der lauen Luft und schwillt vor Lustverlangen,
Wie Liebesfingerspiel um Brust und Bauch
Der Frauen spielen listigen Blicks die Schlangen.
Nicht die, nicht jene zieht mich werbend an,
Sie alle blühn und locken, nicht zu zählen,
Ich fühle alle, alle mir beglückend nahn,
Ein Wald von Leibern, eine Welt von Seelen.
Und langsam schwillt der Sehnsucht seliges Weh
Und löst, entfaltet mich nach hundert Seiten,
Zum Weibe schmelz ich hin, zum Baum, zum See,
Zum Quell, zum Lotos, zu den Himmelsweiten,
Auf tausend Flügeln auseinanderfaltet
Sich meine Seele, die ich Eins gemeint,
Vertausendfacht, zum bunten All gestaltet,
Erlösch ich mir und bin der Welt vereint.

Die Unsterblichen

Immer wieder aus der Erde Tälern
Dampft zu uns empor des Lebens Drang:
Wilde Not, berauschter Überschwang,
Blutiger Rauch von tausend Henkersmählern,
Krampf der Lust, Begierde ohne Ende,
Mörderhände, Wuchererhände, Beterhände.
Angst- und lustgepeitschter Menschenschwarm
Dunstet schwül und faulig, roh und warm,
Atmet Seligkeit und wilde Brünste,
Frißt sich selbst und speit sich wieder aus,
Brütet Kriege aus und holde Künste,
Schmückt mit Wahn das brennende Freudenhaus,
Schlingt und zehrt und hurt sich durch die grellen
Jahrmarktsfreuden seiner Kinderwelt,
Hebt für jeden neu sich aus den Wellen,
Wie sie jedem einst zu Kot zerfällt.

Wir dagegen haben uns gefunden
In des Äthers sterndurchglänztem Eis,
Kennen keine Tage, keine Stunden,
Sind nicht Mann noch Weib, nicht jung noch Greis.
Eure Sünden sind und eure Ängste,
Euer Mord und eure geilen Wonnen
Schauspiel uns gleichwie die kreisenden Sonnen,
Jeder einzige Tag ist uns der längste.
Still zu eurem zuckenden Leben nickend,
Still in die sich drehenden Sterne blickend,
Atmen wir des Weltraums Winter ein,

Sind befreundet mit dem Himmelsdrachen;
Kühl und wandellos ist unser ewiges Sein,
Kühl und sternhell unser ewiges Lachen.

Verführer

Gewartet habe ich vor vielen Türen,
In manches Mädchenohr mein Lied gesungen,
Viel schöne Frauen sucht ich zu verführen,
Bei der und jener ist es mir gelungen.
Und immer, wenn ein Mund sich mir ergab,
Und immer, wenn die Gier Erfüllung fand,
Sank eine selige Phantasie ins Grab,
Hielt ich nur Fleisch in der enttäuschten Hand.
Der Kuß, um den ich innigst mich bemühte,
Die Nacht, um die ich lang voll Glut geworben,
Ward endlich mein – und war gebrochene Blüte,
Der Duft war hin, das Beste war verdorben.
Von manchem Lager stand ich auf voll Leid,
Und jede Sättigung ward Überdruß;
Ich sehnte glühend fort mich vom Genuß
Nach Traum, nach Sehnsucht und nach Einsamkeit.
O Fluch, daß kein Besitz mich kann beglücken,
Daß jede Wirklichkeit den Traum vernichtet,
Den ich von ihr im Werben mir gedichtet
Und der so selig klang, so voll Entzücken!
Nach neuen Blumen zögernd greift die Hand,
Zu neuer Werbung stimm ich mein Gedicht …
Wehr dich, du schöne Frau, straff dein Gewand!
Entzücke, quäle – doch erhör mich nicht!

Weg zur Mutter

Manchmal duftet aus dem öden Grau
Eine Stunde voller Seligkeit,
Blumig wie der Name einer Frau:
Dagmar, Eva, Lise, Adelheid.
Manchmal schimmert so ein weißer Blitz
Mädchenhaut aus eines Ärmels Spalt,
Liebesblick aus schmalem Augenschlitz,
Kurzer Freuden holder Aufenthalt.
Und obwohl ich ihre Kürze kenne,
Bin ich voll Verlangen nach der Lust,
Sende Liebesblicke aus und brenne
Zärtlich auf an jeder Frauenbrust.

So zum Kinde bin ich jetzt geworden,
Das in seiner kleinen Freuden Flucht
Gierig läuft und heimlich allerorten
Mutterduft und Mutterbrüste sucht.
Seid willkommen, kurze Liebesfeuer,
Seid geküßt, ihr Augen braun und blau,
Spiel der Werbung, buntes Abenteuer,
Sei willkommen, ewige Mutter Frau!
Dich zu lieben, weiß ich, führt zum Tod,
Eilig ist mein Faltertraum verloht.
Laß mich nicht im Dunkeln einst verderben,
Mitten in den Flammen laß mich sterben!

Ahnungen

Manchmal tut mir leid, daß ich dies Leben
Eines Steppenwolfes allzu spät begonnen.
Hätt ich jünger schon mich ihm ergeben,
Wär es eine Quelle vieler Wonnen.
Manchmal ahn ich hinter all dem Wust,
Hinter Hüllen, die noch fallen müssen,
Einer grenzenlosen Freiheit Lust,
Einer kühlen Zukunft fernes Grüßen:
Sehe lachend mich die Wand durchstoßen,
Die mich noch vom Sternenraume trennt,
Und hinübertreten zu den großen
Sündern, deren Tat kein Wort mehr nennt,
Sehe mich vom Volk ans Kreuz geschlagen,
Dorngekrönt aus frommer Masse ragen,
Sehe Sonn und Sterne näher kommen,
Fühle mich ins Weltall hingenommen.

Aber diese kühlen Sternenräume,
Diese Schauder der Unendlichkeit
Sind ja leider nur geliebte Träume!
Niemals hab ich wahrhaft mich befreit,
Niemals hab ich dieser bangen Gassen
Bürgervolk im vollen Ernst verlassen,
Habe nur genascht vom Göttertrank!
Darum lieg ich oft so tief im Staube,
Knie ratlos und von Leid zerrissen,
Sitze auf der Armesünderbank,
Höre angsterfüllt auf mein Gewissen,
Dessen Stimme ich doch nicht mehr glaube.

Bei der Toilette

So viele Jahre lebt ich fern der Welt,
Fremd diesem Markt der Weiber und Genüsse,
Wild, ungepflegt, auf mich allein gestellt,
Bruder der Bäume, Freund der Seen und Flüsse.
Jetzt lern ich Abende damit vertun,
Frisur, Krawatte, Hemd und Haut zu pflegen,
Im Smoking auszugehn und blanken Schuhn,
Am Boy vorbei, der Tanzmusik entgegen.

Im Spiegel seh ich lächeln mein Gesicht,
Ein wenig müd, ein wenig grauer, bleicher,
Ein wenig böser auch und faltenreicher.
Einst war das Auge klar, die Stirne licht,
Wange und Lippe lachender und weicher,
Da braucht ich Puder und Pomade nicht.

Nun, altes Männlein, kämme hübsch den Scheitel,
Rasier dich gut und schlüpf ins Abendhemd!
All dein Bemühn ist doch vermutlich eitel,
Du bleibst in dieser Welt doch immer fremd.
Und einmal wird der Wald zurück dich reißen,
Der Bach, der Regen, Sterne, Berge, Seen,
Du wirst den hübschen Plunder von dir schmeißen
Und noch einmal die alten Wege gehn,
Wirst wieder wandern, schweifen, schauen dürfen,
Den Becher Einsamkeit zu Ende schlürfen
Und sterben in der Wildnis ungesehn.

Verwelkende Rosen

Möchten viele Seelen dies verstehen,
Möchten viele Liebende es lernen:
So am eigenen Dufte sich berauschen,
So verliebt dem Mörder Wind zu lauschen,
So in rosiges Blätterspiel verwehen,
Lächelnd sich vom Liebesmahl entfernen,
So den Abschied als ein Fest begehen,
So gelöst dem Leiblichen entsinken
Und wie einen Kuß den Tod zu trinken.

September

Der Garten trauert,
Kühl sinkt in die Blumen der Regen.
Der Sommer schauert
Still seinem Ende entgegen.

Golden tropft Blatt um Blatt
Nieder vom hohen Akazienbaum.
Sommer lächelt erstaunt und matt
In den sterbenden Gartentraum.

Lange noch bei den Rosen
Bleibt er stehen, sehnt sich nach Ruh.
Langsam tut er die großen,
Müdgewordenen Augen zu.

Der Tod als Angler

Es sitzt der Tod und angelt uns mit schnöder,
Unsichtbar dünner Leine aus dem Leben.
Uns hilft kein Klugsein und kein Mühegeben;
Er hat Geduld, und magisch lockt sein Köder.

Wen seine Angel packt, der mag sich bohren
In Sand und Schlamm und alle Listen üben,
Der Tod sitzt in ihm, nicht am Ufer drüben!
Selbst wenn die Leine reißt, ist er verloren.

Er mag, entronnen, im durchwühlten Grunde
Noch lange Zeit erschrocken sich verkriechen,
Wohl ist er frei, doch nur um hinzusiechen.
Die Lust ist hin. Die Angel sitzt im Schlunde.

Brief von einer Redaktion

»Wir danken sehr für Ihr ergreifendes Gedicht,
Das uns so tiefen Eindruck hinterlassen hat,
Und wir bedauern herzlich, daß es nicht
So recht geeignet scheint für unser Blatt.«

So schreibt mir irgendeine Redaktion
Fast jeden Tag. Es drückt sich Blatt um Blatt.
Es riecht nach Herbst, und der verlorne Sohn
Sieht deutlich, daß er nirgends Heimat hat.

Für mich allein denn schreib ich ohne Ziel,
Der Lampe auf dem Nachttisch les ich's vor.
Vielleicht leiht auch die Lampe mir kein Ohr.
Doch gibt sie hell, und schweigt. Das ist schon viel.

Pfeifen

Klavier und Geige, die ich wahrlich schätze,
Ich konnte mich mit ihnen kaum befassen;
Mir hat bis jetzt des Lebens rasche Hetze
Nur zu der Kunst des Pfeifens Zeit gelassen,

Zwar darf ich mich noch keinen Meister nennen,
Lang ist die Kunst und kurz ist unser Leben.
Doch alle, die des Pfeifens Kunst nicht kennen,
Bedaure ich. Mir hat sie viel gegeben.

Drum hab ich längst mir innigst vorgenommen,
In dieser Kunst von Grad zu Grad zu reifen,
Und hoffe endlich noch dahin zu kommen,
Auf mich, auf euch, auf alle Welt zu pfeifen.

Bulletin

Im Bett, im Wickel, in der stillen Schwebe
Geht es im ganzen schlecht zwar, doch erträglich.
Nur wenn ich für ein Stündchen mich erhebe,
Wird dieser Zustand jämmerlich und kläglich.

Ach so vom Bett zum Stuhl hinüberhinken,
Mit Schuhn und Knöpfen lang und mühsam ringen,
Sich endlich dann zu zwanzig Schritten zwingen,
Um wieder schwindlig hin aufs Bett zu sinken!

Wie schwer wir uns doch dieses Leben machen,
Und wissen ja, wie kurz es ist und nichtig,
Und nehmen es doch so verzweifelt wichtig!
Es ist zum Weinen, Freund, es ist zum Lachen.

Blauer Schmetterling

Flügelt ein kleiner blauer
Falter vom Wind geweht,
Ein perlmutterner Schauer,
Glitzert, flimmert, vergeht.
So mit Augenblicksblinken,
So im Vorüberwehn
Sah ich das Glück mir winken,
Glitzern, flimmern, vergehn.

Sprache

Die Sonne spricht zu uns mit Licht,
Mit Duft und Farbe spricht die Blume,
Mit Wolken, Schnee und Regen spricht
Die Luft. Es lebt im Heiligtume
Der Welt ein unstillbarer Drang,
Der Dinge Stummheit zu durchbrechen,
In Wort, Gebärde, Farbe, Klang
Des Seins Geheimnis auszusprechen.
Hier strömt der Künste lichter Quell,
Es ringt nach Wort, nach Offenbarung,
Nach Geist die Welt und kündet hell
Aus Menschenlippen ewige Erfahrung.
Nach Sprache sehnt sich alles Leben,
In Wort und Zahl, in Farbe, Linie, Ton
Beschwört sich unser dumpfes Streben
Und baut des Sinnes immer höhern Thron.

In einer Blume Rot und Blau,
In eines Dichters Worte wendet
Nach innen sich der Schöpfung Bau,
Der stets beginnt und niemals endet.
Und wo sich Wort und Ton gesellt,
Wo Lied erklingt, Kunst sich entfaltet,
Wird jedesmal der Sinn der Welt,
Des ganzen Daseins neu gestaltet,
Und jedes Lied und jedes Buch
Und jedes Bild ist ein Enthüllen,
Ein neuer, tausendster Versuch,
Des Lebens Einheit zu erfüllen.
In diese Einheit einzugehn

Lockt euch die Dichtung, die Musik,
Der Schöpfung Vielfalt zu verstehn
Genügt ein einziger Spiegelblick.
Was uns Verworrenes begegnet,
Wird klar und einfach im Gedicht:
Die Blume lacht, die Wolke regnet,
Die Welt hat Sinn, das Stumme spricht.

Älterwerden

Sterne der Jugend, wohin
Seid ihr hinabgefallen?
Keinen mehr von euch allen
Seh im Gewölk ich ziehn.

Ihr meiner Jugend Genossen,
Ach wie früh mit der Welt
Habt ihr Frieden geschlossen!
Keiner, der zu mir hält!

Junge, die ihr uns Alten
Hohnlacht, wie habt ihr recht!
Denn auch ich selber – wie schlecht
Hab ich mir Treue gehalten!

Dennoch kämpfe ich weiter,
Steh entgegen der Welt.
Kann ich nicht siegen als Held,
Will ich doch fallen als Streiter.

Ich weiß von solchen …

In manchen Seelen wohnt so tief die Kindheit,
Daß sie den Zauber niemals ganz durchbrechen;
Sie leben hin in traumgefüllter Blindheit
Und lernen nie des Tages Sprache sprechen.

Weh ihnen, wenn ein Unheil sie erschreckt
Und plötzlich hell zur Wirklichkeit erweckt!
Aus Traum gescheucht und kindlichem Vertrauen
Starren sie hilflos in des Lebens Grauen.

Ich weiß von solchen, die der Krieg erst weckte,
Da sie des Lebens Mitte überschritten,
Und die seither am Leben wie erschreckte
Traumwandler zitternd und geängstet litten.

Es scheint: in diesen Hoffnungslosen sucht
Die Menschheit ihrer blutgetränkten Erden,
Sucht ihrer Grausamkeit und Seelenflucht
Erschauernd und beschämt bewußt zu werden.

Zu einem Blumenstrauß

So wie der Menschen Ungestüm und Schuld
In jede Stunde unsres Lebens dringt
Und uns zu Mitschuld oder Leiden zwingt,
So strömt Natur mit freundlicher Geduld
Aus hundert Quellen ewig zu uns ein,
Blickt uns aus Tier, Baum, Blume mahnend an,
Ist immer ganz und schön und ohne Wahn,
Kennt keine Hast, kein Unrecht, keinen Schein.
Mit ihren Blumen, die uns sanft umwerben,
Lehrt sie uns schuldlos leben, klaglos sterben.

Kranker Künstler

Andre gibt es, die schlafen, essen, verdauen,
Lachen morgens und sind am Abend müd,
Machen Geschäfte und halten sich schmucke Frauen,
Wie in Milchglas spiegelt die Welt sich in ihrem Gemüt.

Mir will Essen, Verdauen und Schlafen nicht glücken,
Welk bin ich morgens und werde erst abends wach,
Weder Geschäft noch Familie ist mein Entzücken,
Auch den Frauen lauf ich nie lange nach.

Aber manchmal spiegelt in meiner Seele
Sich die Welt wie Wolken in stillster See,
Klein aber scharf und ohne Trübung noch Fehle,
Füllt mich, dehnt mich und tut mir vor Wonne weh.

Verfrühter Herbst

Schon riecht es scharf nach angewelkten Blättern,
Kornfelder stehen leer und ohne Blick;
Wir wissen: eines von den nächsten Wettern
Bricht unserm müden Sommer das Genick.

Die Ginsterschoten knistern. Plötzlich wird
Uns all das fern und sagenhaft erscheinen,
Was heut wir in der Hand zu halten meinen,
Und jede Blume wunderbar verirrt.

Bang wächst ein Wunsch in der erschreckten Seele:
Daß sie nicht allzu sehr am Dasein klebe,
Daß sie das Welken wie ein Baum erlebe,
Daß Fest und Farbe ihrem Herbst nicht fehle.

Sommerabend vor einem Tessiner Waldkeller

An den Platanenstämmen spielt noch Licht.
Durchs hohe Astgewölbe blickt noch Blau
Und spiegelt sich im Wein. Im Walde spricht
Mit Kindern eine unsichtbare Frau.
Aus einem Dorf im Tale lärmt Musik
Sonntäglich her und klingt nach Schweiß;
Dort draußen unterm schrägen Sonnenblick
Dampft sommerliche Welt noch schwer und heiß.

Hier aber atmet Waldlaub und Gestein,
Weht Unschuld klösterlich und Feierabend,
Den Bissen Brot, die kühle Schale Wein
Mit holder Zaubertraumkraft fromm begabend.

Farnkraut am Wege duftet scharf und strenge,
Schon wird im Holz der Siebenschläfer wach,
Die erste Fledermaus jagt durchs Gestänge
Gekreuzter Äste ihrem Raube nach.
Und nun stirbt Laut um Laut und Licht um Licht
Der Tag dahin, und aus den Bäumen quillt,
Wie Harz und Honig duftend, schwer und dicht
Herab die Nacht, die mütterlich uns stillt.

Es löschen mit dem Tag die Namen aus,
Mit denen wir geordnet unsere Welt:
Platane, Ahorn, Esche, Felsen, Haus
Schmelzen in Eines, hingegeben fällt
Die bunte Vielfalt an der Mutter Brust
Zurück und in der Kindheit dumpfe Lust.

Kraut duftet bang und Pilz, ein Waldkauz schreit,
Das Laubgewirr der Bäume taumelt sacht ...

Wie selig duftet doch Vergänglichkeit!
Wie sehnt sich Geist nach Blut, und Tag nach Nacht!

Ende August

Noch einmal hat, auf den wir schon verzichtet,
Der Sommer seine Kraft zurückgewonnen;
Er strahlt, zu kürzern Tagen wie verdichtet,
Er prahlt mit glühend wolkenlosen Sonnen.

So mag ein Mensch am Ende seines Strebens,
Da er enttäuscht sich schon zurückgezogen,
Noch einmal plötzlich sich vertraun den Wogen,
Wagend im Sprung die Reste seines Lebens.

Ob er an eine Liebe sich verschwende,
Ob er zu einem späten Werk sich rüste,
In seine Taten klingt, in seine Lüste
Herbstklar und tief sein Wissen um das Ende.

Wollust

Nichts als strömen, nichts als brennen,
Blindlings in das Feuer rennen,
Hingerissen, hingegeben
Der unendlichen Flamme: Leben!
Plötzlich aber, bang durchzittert,
Sehnt aus dem unendlichen Glück
Angstvoll sich das Herz zurück,
Das den Tod im Lieben wittert ...

Dorfabend

Vor den blanken Fenstern glühen
Blumen farbig in den Töpfen,
Hinterm Fenster dämmrig blühen
Mädchen mit gewundenen Zöpfen.

Überm Kirchdach schießen Schwalben
Schnell wie Blitze hin geschwungen,
Glocken rufen allenthalben,
Abend hat den Tag bezwungen.

Eh wir nun zu Bette gehen,
Mit dem Traum den Tag vertauschen,
Laß uns noch am Fenster stehen
Und dem großen Frieden lauschen.

Auf den Tod eines kleinen Kindes

Jetzt bist du schon gegangen, Kind,
Und hast vom Leben nichts erfahren,
Indes in unsern welken Jahren
Wir Alten noch gefangen sind.

Ein Atemzug, ein Augenspiel,
Der Erde Luft und Licht zu schmecken,
War dir genug und schon zu viel;
Du schliefest ein, nicht mehr zu wecken.

Vielleicht in diesem Hauch und Blick
Sind alle Spiele, alle Mienen
Des ganzen Lebens dir erschienen,
Erschrocken zogst du dich zurück.

Vielleicht wenn unsre Augen, Kind,
Einmal erlöschen, wird uns scheinen,
Sie hätten von der Erde, Kind,
Nicht mehr gesehen als die deinen.

Zu Jugendbildnissen

So blickt aus sagenhafter Frühe
Mein Jugendbild mich an und fragt,
Ob von dem Licht, das einst getagt,
Noch etwas leuchte, etwas glühe.

Den damals ich vor mir gesehen,
Der Weg hat mir viel Pein und Nacht
Und bittre Wandlungen gebracht;
Ich möcht ihn nicht noch einmal gehen.

Doch ging ich meinen Weg in Treuen
Und halte sein Gedächtnis wert.
Viel war verfehlt, viel war verkehrt,
Und doch kann ich ihn nicht bereuen.

Bei der Nachricht vom Tod eines Freundes

Schnell welkt das Vergängliche.
Schnell stieben die verdorrten Jahre davon.
Spöttisch blicken die scheinbar ewigen Sterne.

In uns innen der Geist allein
Mag unbewegt schauen das Spiel,
Ohne Spott, ohne Schmerz.
Ihm sind »vergänglich« und »ewig«
Gleich viel, gleich wenig …

Aber das Herz
Wehrt sich, glüht auf in Liebe,
Und ergibt sich, welkende Blume,
Dem unendlichen Todesruf,
Dem unendlichen Liebesruf.

Karfreitag

Verhangener Tag, im Wald noch Schnee,
Im kahlen Holz die Amsel singt:
Des Frühlings Atem ängstlich schwingt,
Von Lust geschwellt, beschwert von Weh.

So schweigsam steht und klein im Gras
Das Krokusvolk, das Veilchennest,
Es duftet scheu und weiß nicht was,
Es duftet Tod und duftet Fest.

Baumknospen stehn von Tränen blind,
Der Himmel hängt so bang und nah,
Und alle Gärten, Hügel sind
Gethsemane und Golgatha.

Sprache des Frühlings

Jedes Kind weiß, was der Frühling spricht:
Lebe, wachse, blühe, hoffe, liebe,
Freue dich und treibe neue Triebe,
Gib dich hin und fürcht das Leben nicht!

Jeder Greis weiß, was der Frühling spricht:
Alter Mann, laß dich begraben,
Räume deinen Platz den muntern Knaben,
Gib dich hin und fürcht das Sterben nicht!

Altern

So ist das Altern: was einst Freude war,
Wird Mühsal, und der Quell rinnt trüber,
Sogar der Schmerz ist seiner Würze bar –
Man tröstet sich: bald ists vorüber.

Wogegen wir uns einst so stark gewehrt:
Bindung und Last und auferlegte Pflichten,
Hat sich in Zuflucht und in Trost verkehrt:
Man möchte doch ein Tagwerk noch verrichten.

Doch reicht auch dieser Bürgertrost nicht weit,
Die Seele dürstet nach beschwingtern Flügen.
Sie ahnt den Tod, weit hinter Ich und Zeit,
Und atmet tief ihn ein in gierigen Zügen.

Spätsommer

Noch einmal, ehe der Sommer verblüht,
Wollen wir für den Garten sorgen,
Die Blumen gießen, sie sind schon müd,
Bald welken sie ab, vielleicht schon morgen.

Noch einmal, ehe wieder die Welt
Irrsinnig wird und von Kriegen gellt,
Wollen wir an den paar schönen Dingen
Uns freuen und ihnen Lieder singen.

Doch heimlich dürsten wir …

Anmutig, geistig, arabeskenzart
Scheint unser Leben sich wie das von Feen
In sanften Tänzen um das Nichts zu drehen,
Dem wir geopfert Sein und Gegenwart.

Schönheit der Träume, holde Spielerei,
So hingehaucht, so reinlich abgestimmt,
Tief unter deiner heitern Fläche glimmt
Sehnsucht nach Nacht, nach Blut, nach Barbarei.

Im Leeren dreht sich, ohne Zwang und Not,
Frei unser Leben, stets zum Spiel bereit,
Doch heimlich dürsten wir nach Wirklichkeit,
Nach Zeugung und Geburt, nach Leid und Tod.

Blumen nach einem Unwetter

Geschwisterlich, und alle gleichgerichtet,
Stehn die gebückten, tropfenden im Wind,
Bang und verschüchtert noch und regenblind,
Und manche schwache brach und liegt vernichtet.

Sie heben langsam, noch betäubt und zagend,
Die Köpfe wieder ins geliebte Licht,
Geschwisterlich, ein erstes Lächeln wagend:
Wir sind noch da, der Feind verschlang uns nicht.

Mich mahnt der Anblick an so viele Stunden,
Da ich betäubt, in dunklem Lebenstriebe,
Aus Nacht und Elend mich zurück gefunden
Zum holden Lichte, das ich dankbar liebe.

Häuser am Abend

Im späten schrägen Goldlicht steht
Das Volk der Häuser still durchglüht,
In kostbar tiefen Farben blüht
Sein Feierabend wie Gebet.

Eins lehnt dem andern innig an,
Verschwistert wachsen sie am Hang,
Einfach und alt wie ein Gesang,
Den keiner lernt und jeder kann.

Gemäuer, Tünche, Dächer schief,
Armut und Stolz, Verfall und Glück,
Sie strahlen zärtlich, sanft und tief
Dem Tage seine Glut zurück.

Heißer Mittag

Im trocknen Grase lärmen Grillenchöre,
Heuschrecken flügeln am verdorrten Rain,
Der Himmel kocht und spinnt in weiße Flöre
Die fernen bleichen Berge langsam ein.

Es knistert überall und raschelt spröde,
Auch schon im Wald erstarren Farn und Moos,
Hart blickt im dünnen Dunst der Himmelsöde
Die Julisonne weiß und strahlenlos.

Einschläfernd laue Mittagslüfte schleichen.
Das Auge schließt sich müd. Es spielt das Ohr
Im Traum sich die ersehnten, gnadenreichen
Tonfluten kommender Gewitter vor.

Höhe des Sommers

Das Blau der Ferne klärt sich schon
Vergeistigt und gelichtet
Zu jenem süßen Zauberton,
Den nur September dichtet.

Der reife Sommer über Nacht
Will sich zum Feste färben,
Da alles in Vollendung lacht
Und willig ist zu sterben.

Entreiß dich, Seele, nun der Zeit,
Entreiß dich deinen Sorgen
Und mache dich zum Flug bereit
In den ersehnten Morgen.

Leben einer Blume

Aus grünem Blattkreis kinderhaft beklommen
Blickt sie um sich und wagt es kaum zu schauen,
Fühlt sich von Wogen Lichtes aufgenommen,
Spürt Tag und Sommer unbegreiflich blauen.

Es wirbt um sie das Licht, der Wind, der Falter,
Im ersten Lächeln öffnet sie dem Leben
Ihr banges Herz und lernt, sich hinzugeben
Der Träumefolge kurzer Lebensalter.

Jetzt lacht sie voll, und ihre Farben brennen,
An den Gefäßen schwillt der goldne Staub,
Sie lernt den Brand des schwülen Mittags kennen
Und neigt am Abend sich erschöpft ins Laub.

Es gleicht ihr Rand dem reifen Frauenmunde,
Um dessen Linien Altersahnung zittert;
Heiß blüht ihr Lachen auf, an dessen Grunde
Schon Sättigung und bittre Neige wittert.

Nun schrumpfen auch, nun fasern sich und hangen
Die Blättchen müde überm Samenschoße.
Die Farben bleichen geisterhaft: das große
Geheimnis hält die Sterbende umfangen.

Schmetterlinge im Spätsommer

Die Zeit der vielen Falter ist gekommen,
Im späten Phloxduft taumelt sacht ihr Tanz.
Sie kommen schweigend aus dem Blau geschwommen,
Der Admiral, der Fuchs, der Schwalbenschwanz,
Der Kaisermantel und Perlmutterfalter,
Der scheue Taubenschwanz, der rote Bär,
Der Trauermantel und der Distelfalter.
Kostbar an Farben, pelz- und samtbesetzt,
Juwelenschillernd schweben sie einher,
Prächtig und traurig, schweigsam und benommen,
Aus untergangner Märchenwelt gekommen,
Fremdlinge hier, noch honigtaubenetzt
Aus paradiesischen, arkadischen Auen,
Kurzlebige Gäste aus dem Morgenland,
Das wir im Traum, verlorene Heimat, schauen
Und dessen Geisterbotschaft wir vertrauen
Als eines edleren Daseins holdem Pfand.

Sinnbilder alles Schönen und Vergänglichen,
Des Allzuzarten und des Überschwenglichen,
Schwermütige und goldgeschmückte Gäste
An des betagten Sommerkönigs Feste!

Hundstage

Wie nun am dürren Ginsterhang,
Im braunen Stein, im goldnen Staub,
Im gilbenden Akazienlaub
Der Sommer seinen Überschwang
Austobt und in sich selbst verbrennt!
Aus dürrer Schote knistern schwarze Kerne,
Und abends hängen schwer die Sterne
Wie überreif am Firmament,
Das wie ein Puls im Fieber pocht
Und von verhaltnen Wettern kocht.
Wo eben noch in frohen Schauern
Das Leben feucht und spielend rann,
Keucht Sommer wütend hügelan
Der Höhe zu. Er will nicht dauern,
Er lechzt nach Rausch und Opferglück,
Ihn rief der Tod: auf hagrem Pferde
Jagt er voran und läßt die Erde
Erschöpft, verblüht, verbrannt zurück.

Und seufzend reckt sich Laub und Gras
Und raschelt hart und klirrt wie Glas.

Nächtlicher Regen

Bis in den Schlaf vernahm ich ihn
Und bin daran erwacht,
Nun hör ich ihn und fühle ihn,
Sein Rauschen füllt die Nacht
Mit tausend Stimmen feucht und kühl,
Geflüster, Lachen, Stöhnen,
Bezaubert lausch ich dem Gewühl
Von fließend weichen Tönen.

Nach all dem harten dürren Klang
Der strengen Sonnentage,
Wie innig ruft, wie selig-bang
Des Regens sanfte Klage!

So bricht aus einer stolzen Brust,
Wie spröde sie sich stelle,
Einmal des Schluchzens kindliche Lust,
Der Tränen liebe Quelle,
Und strömt und klagt und löst den Bann,
Daß das Verstummte reden kann,
Und öffnet neuem Glück und Leid
Den Weg und macht die Seele weit.

Rückgedenken

Am Hang die Heidekräuter blühn,
Der Ginster starrt in braunen Besen.
Wer weiß heut noch, wie flaumiggrün
Der Wald im Mai gewesen?

Wer weiß heute noch, wie Amselsang
Und Kuckucksruf einmal geklungen?
Schon ist, was so bezaubernd klang,
Vergessen und versungen.

Im Wald das Sommerabendfest,
Der Vollmond überm Berge droben,
Wer schrieb sie auf, wer hielt sie fest?
Ist alles schon zerstoben.

Und bald wird auch von dir und mir
Kein Mensch mehr wissen und erzählen,
Es wohnen andre Leute hier,
Wir werden keinem fehlen.

Wir wollen auf den Abendstern
Und auf die ersten Nebel warten.
Wir blühen und verblühen gern
In Gottes großem Garten.

Welkes Blatt

Jede Blüte will zur Frucht,
Jeder Morgen Abend werden,
Ewiges ist nicht auf Erden
Als der Wandel, als die Flucht.

Auch der schönste Sommer will
Einmal Herbst und Welke spüren.
Halte, Blatt, geduldig still,
Wenn der Wind dich will entführen.

Spiel dein Spiel und wehr dich nicht,
Laß es still geschehen.
Laß vom Winde, der dich bricht,
Dich nach Hause wehen.

Besinnung

Göttlich ist und ewig der Geist.
Ihm entgegen, dessen wir Bild und Werkzeug sind,
Führt unser Weg; unsre innerste Sehnsucht ist:
Werden wie Er, leuchten in Seinem Licht.

Aber irden und sterblich sind wir geschaffen,
Träge lastet auf uns Kreaturen die Schwere.
Hold zwar und mütterlich warm umhegt uns Natur,
Säugt uns Erde, bettet uns Wiege und Grab;
Doch befriedet Natur uns nicht,
Ihren Mutterzauber durchstößt
Des unsterblichen Geistes Funke
Väterlich, macht zum Manne das Kind,
Löscht die Unschuld und weckt uns zu Kampf und Gewissen.

So zwischen Mutter und Vater,
So zwischen Leib und Geist
Zögert der Schöpfung gebrechlichstes Kind,
Zitternde Seele Mensch, des Leidens fähig
Wie kein andres Wesen, und fähig des Höchsten:
Gläubiger, hoffender Liebe.

Schwer ist sein Weg, Sünde und Tod seine Speise,
Oft verirrt er ins Finstre, oft wär ihm
Besser, niemals erschaffen zu sein.
Ewig aber strahlt über ihm seine Sehnsucht,
Seine Bestimmung: das Licht, der Geist.
Und wir fühlen: ihn, den Gefährdeten,
Liebt der Ewige mit besonderer Liebe.

Darum ist uns irrenden Brüdern
Liebe möglich noch in der Entzweiung,
Und nicht Richten und Haß,
Sondern geduldige Liebe,
Liebendes Dulden führt
Uns dem heiligen Ziele näher.

Klage

Uns ist kein Sein vergönnt. Wir sind nur Strom,
Wir fließen willig allen Formen ein:
Dem Tag, der Nacht, der Höhle und dem Dom,
Wir gehn hindurch, uns treibt der Durst nach Sein.

So füllen Form um Form wir ohne Rast,
Und keine wird zur Heimat uns, zum Glück, zur Not,
Stets sind wir unterwegs, stets sind wir Gast,
Uns ruft nicht Feld noch Pflug, uns wächst kein Brot.

Wir wissen nicht, wie Gott es mit uns meint,
Er spielt mit uns, dem Ton in seiner Hand,
Der stumm und bildsam ist, nicht lacht noch weint,
Der wohl geknetet wird, doch nie gebrannt.

Einmal zu Stein erstarren! Einmal dauern!
Danach ist unsre Sehnsucht ewig rege,
Und bleibt doch ewig nur ein banges Schauern,
Und wird doch nie zur Rast auf unsrem Wege.

Widmungsverse zu einem Gedichtbuch

Blätter wehen vom Baume,
Lieder vom Lebenstraume
Wehen spielend dahin;
Vieles ist untergegangen,
Seit wir zuerst sie sangen,
Zärtliche Melodien.
Sterblich sind auch die Lieder,
Keines tönt ewig wieder,
Alle verweht der Wind:
Blumen und Schmetterlinge,
Die unvergänglicher Dinge
Flüchtiges Gleichnis sind.

Ausflug im Herbst

Nach Abend wendet
Herbstsonne den Lauf,
Metallen blendet
Der See herauf.

Gipfel im weißen,
Eisigen Glast;
Bergwinde reißen
Das Laub vom Ast.

Die Augen versagen
Vor Wind und Licht,
Aus fernen Tagen
Erinnerung spricht.

Die Wanderfreuden
Der Jugendzeit
Herüberläuten
Von weit, von weit ...

Entgegenkommen

Die ewig Unentwegten und Naiven
Ertragen freilich unsre Zweifel nicht.
Flach sei die Welt, erklären sie uns schlicht,
Und Faselei die Sage von den Tiefen.

Denn sollt es wirklich andre Dimensionen
Als die zwei guten, altvertrauten geben,
Wie könnte da ein Mensch noch sicher wohnen,
Wie könnte da ein Mensch noch sorglos leben?

Um also einen Frieden zu erreichen,
So laßt uns eine Dimension denn streichen!

Denn sind die Unentwegten wirklich ehrlich,
Und ist das Tiefensehen so gefährlich,
Dann ist die dritte Dimension entbehrlich.

Orgelspiel

Seufzend durchs Gewölbe zieht, und wieder dröhnend,
Orgelspiel. Andächtige Gläubige hören,
Wie vielstimmig in verschlungenen Chören,
Sehnsucht, Trauer, Engelsfreude tönend,
Sich Musik aufbaut zu geistigen Räumen,
Sich verloren wiegt in seligen Träumen,
Firmamente baut aus tönenden Sternen,
Deren goldene Kugeln sich umkreisen,
Sich umwerben, nähern und entfernen,
Immer weiter schwingend sonnwärts reisen,
Bis es scheint, es sei die Welt durchlichtet,
Ein Kristall, in dessen klaren Netzen
Hundertfach nach reinlichsten Gesetzen
Gottes lichter Geist sich selber dichtet.

Daß aus Blättern voll von Notenzeichen
Solche weitgeschwungenen, geistdurchsonnten,
Solche Welt- und Sternenchöre werden konnten,
Daß ein Orgelpfeifenchor sie in sich banne,
Ist es nicht ein Wunder ohnegleichen?
Daß ein Musikant am Manuale
Sie mit Eines Menschen Kraft umspanne?
Daß ein Volk von Hörern sie verstehe,
Mit erschwinge, töne, mit erstrahle,
Mit hinauf ins tönende Weltall wehe?
Arbeit war's und Ernte langer Zeiten,
Zehn Geschlechter mußten daran bauen,
Hundert Meister fromm es zubereiten,
Viele tausend Schüler sie begleiten.

Und nun spielt der Organist, es lauschen
Im Gewölb die Seelen hingegangener
Frommer Meister, mit vom Bau umfangener,
Den sie gründen halfen und errichten.
Denn derselbe Geist, der in den Fugen
Und Toccaten atmet, hat einst die besessen,
Die des Münsters Maße ausgemessen,
Heiligenfiguren aus den Steinen schlugen.
Und noch vor den Bau- und Steinmetz-Zeiten
Lebten, dachten, litten viele Fromme,
Halfen Volk und Tempel zubereiten,
Daß der Geist herab auf Erden komme.
Wille von Jahrhunderten gestaltet
In der klaren Töneströme Rauschen
Sich, im Bau der Fugen und Sequenzen,
Wo der schöpferische Geist der Grenzen
Zwischen Tun und Leiden, zwischen Leib und
Seele waltet.
In den geistbeherrschten Takten dichten
Tausend Menschenträume sich zu Ende,
Träume, deren Ziel war: Gott zu werden,
Träume, deren keiner je auf Erden
Sich erfüllen darf, doch deren dringliche Einheit
Stufe war, darauf das Menschenwesen
Sich enthob aus Notdurft und Gemeinheit
Nahe bis zum Göttlichen, bis zum Genesen.
Auf dem Zauberpfad der Notenzeichen,
Dem Geäst der Schlüssel, Signaturen,
Auf dem Tastwerk, das die Füß' und Hände
Eines Organisten bändigen, entweichen
Gottwärts, geistwärts alle höchsten Strebungen,
Strahlen, was an Leid sie je erfuhren,

Aus im Ton. In wohlgezählten Bebungen
Löst der Drang sich, steigt die Himmelsleiter,
Menschheit bricht die Not, wird Geist, wird heiter.
Denn zur Sonne zielen alle Erden,
Und des Dunkels Traum ist: Licht zu werden.

Spielend sitzt der Organist, die Hörer
Folgen willig, in befreiter Rührung,
Der Gesetze englisch sichrer Führung,
Schwingen glühend, heilige Verschwörer,
Mit empor, zum Tempel sich erbauend,
Mit dem Blick der Ehrfurcht Gott erschauend,
Am Dreieinigen kinderhaft beteiligt.
So befreit im Klang, so eint und heiligt
Sich im Sakramente die Gemeinde,
Die entkörperte, dem Gott vereinte.
Das Vollkommene aber ist hienieden
Ohne Dauer, Krieg wohnt jedem Frieden
Heimlich inne, und Verfall dem Schönen.
Orgel tönt, Gewölbe hallt, es treten
Neue Gäste ein, verlockt vom Tönen,
Eine Frist zu rasten und zu beten.
Doch indes die alten Klanggebäude
Weiter aus dem Pfeifenwalde streben,
Voll von Frömmigkeit, von Geist, von Freude,
Hat sich draußen dies und das begeben,
Was die Welt verändert und die Seelen.
Andre Menschen sind es, die jetzt kommen,
Eine andre Jugend wächst, ihr sind die frommen
Und verschlungenen Stimmen dieser Weisen
Nur noch halb vertraut, ihr klingt veraltet
Und verschnörkelt, was noch eben heilig

War und schön, in ihrer Seele waltet
Neuer Trieb, sie mag sich nicht mehr quälen
Mit den strengen Regeln dieser greisen
Musikanten, ihr Geschlecht ist eilig,
Krieg ist in der Welt, und Hunger wütet.
Kurz verweilen diese neuen Gäste
Hier beim Orgelklang, zu wohlbehütet
Finden sie, zu priesterlich-gemessen
Die Musik, so schön und tief sie sei, sie wollen
Andre Klänge, feiern andre Feste,
Fühlen auch in halb verschämter Ahnung
Dieser reich gebauten, hoheitsvollen
Orgelchöre unwillkommene Mahnung,
Die so viel verlangt. Kurz ist das Leben
Und es ist nicht Zeit, sich hinzugeben
So geduldig komplizierten Spielen.
Übrig bleibt im Dome von den vielen,
Die hier zugehört und mitgelebt, fast keiner.
Immer wieder einer geht von hinnen,
Geht gebückt, ward älter, müde, kleiner,
Spricht vom jungen Volk wie von Verrätern,
Schweigt enttäuscht und legt sich zu den Vätern.
Und die Jungen, die den Dom betreten,
Fühlen Heiliges zwar, doch weder Beten
Noch Toccatenhören ist mehr Sitte,
Und der Tempel bleibt, der Kern und Mitte
Einst der Stadt gewesen, fast verlassen,
Ragt urweltlich aus geschäftigen Gassen.

Aber immer noch durch seines Baues Rippen
Atmet die Musik in himmlischem Flüstern.
Träumend und ein Lächeln auf den Lippen

Über immer zarteren Registern
Sitzt der greise Musikant, versponnen
In das Rankenwerk der Stimmengänge,
In des Fugenbaus gestufte Pfade.
Immer zarteres Filigrangestänge
Flicht sein Spiel, mit immer dünnerem Faden
Kreuzen sich die kühnen Ornamente
Im phantastisch luftigen Tongewebe,
Immer inniger und süßer werben
Um einander die bewegten Stimmen,
Scheinen Himmelsleitern zu erklimmen,
Halten oben sich in seliger Schwebe,
Um wie Abendrosenwolken hinzusterben.

Nicht bekümmert ihn, daß die Gemeinde,
Schüler, Meister, Gläubige und Freunde
Sich verloren haben, daß die eiligen Jungen
Die Gesetze nicht mehr kennen, der Figuren
Bau und Sinn kaum noch erfühlen mögen,
Daß die Töne nicht Erinnerungen
Mehr des Paradieses ihnen sind und Gottesspuren,
Daß nicht zehn, nicht einer mehr imstande,
Dieser Tongewölbe heilige Bögen
Nachzubaun im Geist und diesem Weben
Alterworbener Mysterien Sinn zu geben.
Und so fiebert rings in Stadt und Lande
Junges Leben seine stürmischen Bahnen,
Doch im Tempel, einsam im Gestühle,
Waltet fort der geisterhafte Alte,
(Sage halb, halb Spottfigur der Jungen),
Spinnt geheiligte Erinnerungen,
Füllt mit göttlichem Sinn die Ornamente,

Rückt Register immer leiseren Klanges,
Stuft den Fugenschritt zum Sakramente,
Das nur seine Ohren noch erlauschen,
Während andre nichts mehr als das Flüstern
Der Vergangenheit spüren und das leise Rauschen
Brüchiger Vorhangfalten, die im düstern
Steingeklüft der Pfeiler müd sich bauschen.

Niemand weiß, ob noch der alte Meister
Drinnen spiele, ob die zarten, leisen
Tongeflechte, die im Raume kreisen,
Nur noch Spuk sind überbliebener Geister,
Nachhall und Gespenst aus anderen Zeiten.
Manchmal aber bleibt ein Mensch beim Dome
Lauschend stehen, öffnet sacht die Pforte,
Horcht entrückt dem fernen Silberstrome
Der Musik, vernimmt aus Geistermunde
Heiter-ernster Väterweisheit Worte,
Geht davon mit klangberührtem Herzen,
Sucht den Freund auf, gibt ihm flüsternd Kunde
Vom Erlebnis der entrückten Stunde
Dort im Dom beim Duft erloschener Kerzen.
Und so fließt im unterirdisch Dunkeln
Ewig fort der heilige Strom, es funkeln
Aus der Tiefe manchmal seine Töne;
Wer sie hört, spürt ein Geheimnis walten,
Sieht es fliehen, wünscht es festzuhalten,
Brennt vor Heimweh. Denn er ahnt das Schöne.

Roter Pavillon

Roter Pavillon, im Park verborgen,
Wo er sich in wilden Wald verliert,
Als du noch in deinem jungen Morgen
Lachtest, wie hast du den Park geziert!
Hast auf der Terrasse dich gebrüstet,
Schlank, achtkantig, zierlich, kühn, kokett,
Feste wurden oft in dir gerüstet,
Jagdtrunk, Vogelessen und Bankett.
Jetzt im groß gewordenen Walde stehst du
Klein, verloren fast und sehr geheim.
Mit verblichenem Farbenzauber wehst du
Lächelnd Wehmut wie ein alter Reim,
Der einst jung und frech und wild geklungen,
Heut altväterisch tönt und Rührung weckt;
Eingesunken in Erinnerungen
Stehst du, und die Abendsonne leckt
Müd an deinen rostigen Gitterstäben,
Deinen spitzen Bogen, deinem Dach;
Deinen schmucken Formen hingegeben,
Sinnst du den verklungenen Festen nach.
So wird uns zu Sinn beim Wiedergrüßen
Einer Jugendliebe, deren Haar
Weiß geworden, deren einst so süßen
Mädchenzügen still und wunderbar
Sich die Todeslinien eingeschrieben,
Daß wir sie, bewegt, noch einmal lieben,
Sie und das Unsägliche, das einst war.

Morgenstunde im Dezember

Regen schleiert dünn, und träge Flocken
Sind dem grauen Schleier eingewoben,
Hängen sich an Zweig und Drähte oben,
Bleiben unten an den Scheiben hocken,
Schwimmen schmelzend in der kühlen Nässe,
Geben dem Geruch der feuchten Erde
Etwas Dünnes, Nichtiges und Vages,
Und dem Tropfenrieseln die Gebärde
Eines Zögerns, und dem Licht des Tages
Eine kränkelnde, verdrossene Blässe.

In der morgenblinden Scheiben Zeile
Dämmert da mit rosig warmem Schimmer
Einsam noch ein Fenster nachtbeleuchtet.
Eine Krankenschwester kommt, sie feuchtet
Sich mit Schnee die Augen; eine Weile
Steht und starrt sie, kehrt zurück ins Zimmer.
Es erlischt der Kerzenschein, und grauer
Dehnt sich in den bleichen Tag die Mauer.

Nachtgedanken

Wir Menschen schlagen einer den andern tot,
Zucken gierig zwischen Geburt und Grab,
Beben in Furcht und lodern in Leidenschaft rot,
Kriechen vor Herrschern, die unsre Angst uns gab,
Hören auf Fabeln vom kommenden Glück,
Opfern ewig das Heut dem Morgen,
Leben ruhlos und ungeborgen,
Blicken mit Neid auf ferne Zeiten zurück.
Zwischen Künftig und Einst, zwei Paradiesen,
Ist uns die Hölle zum Wohnort gewiesen.
Und wir bemühn uns, dem Höllenleben
Ein Scheinziel und einen Scheinsinn zu geben,
Glauben zu wissen, daß nie eine Zeit
So verzweifelt wie unsre, so grausam gewesen,
Fühlen den Tod so nah und das Glück so weit,
Sehnen uns grimmig nach Reinheit, nach Licht,
nach Genesen.

Aber unter uns treulich hält stand die Erde,
Waltet mütterlich-stumm Natur,
Spricht in Same und Knospe ihr ewiges Werde.
Schreien wir ängstliche Kinder – sie lächelt nur.

Sieh, und über uns, lächelnd nicht minder,
Wartet die Gnade, die Zuflucht, wartet der Geist
Voll Versprechung und Trost seiner irrenden Kinder,
Deren er viele zurück zur Mutter weist,
Während er andre hinauf ins Lichte nimmt.
Zwischen den ewigen Beiden, Erde und Geist,
Zwischen Mutter- und Vaterwelt blüht,

Seele der Welt, das Wunder der Liebe empor,
Das zum Einklang den wirren Weltlärm stimmt,
Unsern Frost mit seinem Zauber durchglüht
Und uns, Brüder, ordnet zum heiligen Chor.

Freund, der du leidest und ohne Hoffen
Deine finstere Straße gehst,
Dir auch stehen die Gnaden der Liebe offen.
Während du einsam, so scheint dir, im Leeren stehst,
Von den Schrecken der grausamen Welt umgeben,
Ohne Glück, ohne Sinn, ohne Herz und Leben,
Warten überall leidende Brüder auf dich.
Öffne die Augen, erkenne, und schenke dich
Hin den andern! Hast du nicht Brot,
Hast nicht Trost und Rat den Armen zu geben,
Gib ihnen dich, gib dein Leid, deine eigene Not,
Sprich mit ihnen, die sich gleich dir verschließen,
Laß durchs Wort, durch Blick und Gebärde
Liebe herein, und die alte, wartende Erde
Wird dir, und es wird dir der Vater Geist
Seinen Sinn und die ewigen Kräfte erschließen,
Du wirst Heimat im Chaos entdecken,
Und es werden die sinnlosen Schrecken
Schaubar, tragbar, deutbar: mitten im Rachen
Deiner Hölle wirst du zum Leben erwachen.

Müßige Gedanken

Einmal wird dies alles nicht mehr sein,
Nicht mehr diese töricht genialen Kriege,
Diese teuflisch in den Feind gewehten
Gase, diese Betonwüstenein,
Diese Wälder, statt mit Dorn mit Drähten
Dicht bestachelt, diese Todeswiegen,
Drin so viele Tausend schaudernd liegen,
Die mit so viel Geist und Fleiß ersonnenen,
Die mit so viel feigem Witz gesponnenen
Todesnetze über Land, Luft, Meer.

Berge werden in die Bläue ragen,
Sterne werden durch die Nächte leuchten,
Zwillinge, Kassiopeia, Wagen,
Ewig, in gelassener Wiederkehr,
Laub und Gras mit seinem morgenfeuchten
Silber wird dem Tag entgegengrünen,
Und im ewigen Wind wird Meerflut schlagen
An den Fels und an die bleichen Dünen.
Doch die Weltgeschichte ist vorüber;
Mit dem Schwall von Blut, von Krampf, von Lüge
Ist die prahlerische als ein trüber
Kehrichtstrom zerronnen, ihre Züge
Sind erloschen, ihre unermessen
Schlingende Gier gestillt, der Mensch vergessen.

Und vergessen sind die Kinderspiele,
Deren wir so holde und berückende,
Deren wir so unersättlich viele
Uns erdacht, so fremde und entzückende.

Die Gedichte, die wir uns ersonnen,
Die Gebilde all, die unser Lieben
Rings der willigen Erde eingeschrieben,
Unsre Götter, Heiligtümer, Weihen,
Alphabet und Einmaleins sind nicht mehr.
Unsrer Orgelfugen Himmelswonnen,
Unsre Dome mit den trotzig schlanken
Türmen, unsere Bücher, Malereien,
Sprachen, Märchen, Träume und Gedanken,
Sie sind ausgelöscht. Die Erde hat kein Licht mehr.

Und der Schöpfer, der dem Untergange
All des Scheußlichen und all des Schönen
Stille zugeschaut, betrachtet lange
Die befreite Erde. Heiter tönen
Um ihn der Gestirne Reigen, dunkel
Schwebt die kleine Kugel im Gefunkel.
Sinnend greift er etwas Lehm und knetet.
Wieder wird er einen Menschen machen,
Einen kleinen Sohn, der zu ihm betet,
Einen kleinen Sohn, von dessen Lachen,
Dessen Kinderei'n und Siebensachen
Er sich Lust verspricht. Sein Finger waltet
Froh im Lehm. Er freut sich. Er gestaltet.

Flötenspiel

Ein Haus bei Nacht durch Strauch und Baum
Ein Fenster leise schimmern ließ,
Und dort im unsichtbaren Raum
Ein Flötenspieler stand und blies.

Es war ein Lied so altbekannt,
Es floß so gütig in die Nacht,
Als wäre Heimat jedes Land,
Als wäre jeder Weg vollbracht.

Es war der Welt geheimer Sinn
In seinem Atem offenbart,
Und willig gab das Herz sich hin
Und alle Zeit ward Gegenwart.

Spätsommer

Noch schenkt der späte Sommer Tag um Tag
Voll süßer Wärme. Über Blumendolden
Schwebt da und dort mit müdem Flügelschlag
Ein Schmetterling und funkelt sammetgolden.

Die Abende und Morgen atmen feucht
Von dünnen Nebeln, deren Naß noch lau.
Vom Maulbeerbaum mit plötzlichem Geleucht
Weht gelb und groß ein Blatt ins sanfte Blau.

Eidechse rastet auf besonntem Stein,
Im Blätterschatten Trauben sich verstecken.
Bezaubert scheint die Welt, gebannt zu sein
In Schlaf, in Traum, und warnt dich sie zu wecken.

So wiegt sich manchmal viele Takte lang
Musik, zu goldener Ewigkeit erstarrt,
Bis sie erwachend sich dem Bann entrang
Zurück zu Werdemut und Gegenwart.

Wir Alten stehen erntend am Spalier
Und wärmen uns die sommerbraunen Hände.
Noch lacht der Tag, noch ist er nicht zu Ende,
Noch hält und schmeichelt uns das Heut und Hier.

Der Heiland

Immer wieder wird er Mensch geboren,
Spricht zu frommen, spricht zu tauben Ohren,
Kommt uns nah und geht uns neu verloren.

Immer wieder muß er einsam ragen,
Aller Brüder Not und Sehnsucht tragen,
Immer wird er neu ans Kreuz geschlagen.

Immer wieder will sich Gott verkünden,
Will das Himmlische ins Tal der Sünden,
Will ins Fleisch der Geist, der ewige, münden.

Immer wieder, auch in diesen Tagen,
Ist der Heiland unterwegs, zu segnen,
Unsern Ängsten, Tränen, Fragen, Klagen
Mit dem stillen Blicke zu begegnen,
Den wir doch nicht zu erwidern wagen,
Weil nur Kinderaugen ihn ertragen.

Stufen

Wie jede Blüte welkt und jede Jugend
Dem Alter weicht, blüht jede Lebensstufe,
Blüht jede Weisheit auch und jede Tugend
Zu ihrer Zeit und darf nicht ewig dauern.
Es muß das Herz bei jedem Lebensrufe
Bereit zum Abschied sein und Neubeginne,
Um sich in Tapferkeit und ohne Trauern
In andre, neue Bindungen zu geben.
Und jedem Anfang wohnt ein Zauber inne,
Der uns beschützt und der uns hilft, zu leben.

Wir sollen heiter Raum um Raum durchschreiten,
An keinem wie an einer Heimat hängen,
Der Weltgeist will nicht fesseln uns und engen,
Er will uns Stuf' um Stufe heben, weiten.
Kaum sind wir heimisch einem Lebenskreise
Und traulich eingewohnt, so droht Erschlaffen,
Nur wer bereit zu Aufbruch ist und Reise,
Mag lähmender Gewöhnung sich entraffen.

Es wird vielleicht auch noch die Todesstunde
Uns neuen Räumen jung entgegen senden,
Des Lebens Ruf an uns wird niemals enden …
Wohlan denn, Herz, nimm Abschied und gesunde!

Prosa

Auf einen Dichter

Ihm macht das Verseschreiben kein Vergnügen,
Mit dem wir Schüler uns so gerne plagen.
Auch er genoß zwar einst in Jugendtagen
Das mühvoll-süße Spiel in vollen Zügen.
Nein, diese schöne Kunst der Silbenmaße,
Des Reims, des Odenbaus, der Versverschränkung
Lockt ihn nicht mehr zu übender Versenkung,
Zu glatt scheint, zu gebahnt ihm diese Straße.
Zu leicht scheint ihm auf diesem Weg erreichbar
Das Schöne, sei es auch mit tausend Mühen.
Er weiß von Zaubern, die verborgner blühen,
Von Wirkungen geheim und unvergleichbar.

So schlicht, unfeierlich und fast alltäglich
Geht seine Prosa! Sie ihm nachzuschreiben
Scheint Kinderspiel, doch laß es lieber bleiben.
Denn schaust du näher hin, so wird unsäglich,
Was harmlos einfach schien, aus Nichtigkeiten
Wird eine Welt, aus Atem Melodien,
Die scheinbar zwecklos und vergnüglich gleiten,
Doch sich auf andre mahnend rückbeziehen
Und neue, nie erwartete vorbereiten.
Am Ende wird ein Schriftsatz seiner Feder,
Den wir zuerst so leichthin überlasen,
Zur Felsenlandschaft mit Vokal-Oasen,
Aus einem Silbenfall rauscht Wind und Zeder,
Ein Mondstrahl läßt voll Silber Golfe blinken,
Ein Beistrich öffnet Wald- und Gartenpfade,

Wie buhlerisch scheint eine Assonanz zu winken,
Ein Fragezeichen wirkt wie Glück und Gnade.
Wie er es macht, wie er aus diesen simplen
Worten des Tages ohne Zwang und Spreizen
Dichtwerke zaubert voll von tiefen Reizen
Und Silben tanzen läßt gleich wehenden Wimpeln,
Dies, Freunde, werden wir nie ganz verstehen.
Uns sei genug, mit Ehrfurcht zuzusehen,
So wie wir aufs Gebirg und auf die blauen
Falter am Bach und auf die Blumen schauen,
Die auch, so scheint es, sich von selbst verstehen,
Doch Wunder sind für Augen, welche sehen.

Leb wohl, Frau Welt

Es liegt die Welt in Scherben,
Einst liebten wir sie sehr,
Nun hat für uns das Sterben
Nicht viele Schrecken mehr.

Man soll die Welt nicht schmähen,
Sie ist so bunt und wild,
Uralte Zauber wehen
Noch immer um ihr Bild.

Wir wollen dankbar scheiden
Aus ihrem großen Spiel;
Sie gab uns Lust und Leiden,
Sie gab uns Liebe viel.

Leb wohl, Frau Welt, und schmücke
Dich wieder jung und glatt,
Wir sind von deinem Glücke
Und deinem Jammer satt.

Beim Wiederlesen von ›Heumond‹ und ›Schön ist die Jugend‹

Unbegreiflich fremd und ferne
Blickt die Jugendheimat her,
Ihre Sonnen, ihre Sterne
Leuchten meinem Weg nicht mehr,
Ihre Freuden und Beschwerden
Heute Lied und Sage sind,
Ihre Namen und Gebärden
Kaum noch Blätterspiel im Wind.
Aber hier auf Buches Zeilen
Stehen sie zum Bild gebannt,
Warten treulich und verweilen,
Haben Form und halten Stand.
Und nach leidgetränkten Jahren,
Die so vieles uns zerstört,
Wird der Welt, die wir einst waren,
Sage immer noch gehört.
Ihre Runen werden bleicher,
Ihre Töne fern und zart,
Doch sie hat in zauberreicher
Anmut ewige Gegenwart.

Im Schloß Bremgarten

Wer hat einst die alten Kastanien gepflanzt,
Wer aus dem steinernen Brunnen getrunken,
Wer im geschmückten Saale getanzt?
Sie sind dahin, vergessen, versunken.

Heut sind es wir, die der Tag bescheint
Und denen die lieben Vögel singen:
Wir sitzen um Tafel und Kerzen vereint,
Trankopfer dem ewigen Heute zu bringen.

Und wenn wir dahin und vergessen sind,
Wird immer noch in den hohen Bäumen
Die Amsel singen und singen der Wind,
Und drunten der Fluß an den Felsen schäumen.

Und in der Halle beim Abendschrei
Der Pfauen sitzen andere Leute.
Sie plaudern, sie rühmen wie schön es sei,
Bewimpelte Schiffe fahren vorbei,
Und es lacht das ewige Heute.

Oktober 1944

Leidenschaftlich strömt der Regen,
Schluchzend wirft er sich ins Land,
Bäche gurgeln in den Wegen
Überfülltem See entgegen,
Der noch jüngst so gläsern stand.

Daß wir einmal fröhlich waren
Und die Welt uns selig schien,
War ein Traum. In grauen Haaren
Stehn wir herbstlich und erfahren,
Leiden Krieg und hassen ihn.

Kahlgefegt und ohne Flitter
Liegt die Welt, die einst gelacht;
Durch entlaubter Äste Gitter
Blickt der Winter todesbitter,
Und es greift nach uns die Nacht.

Aufhorchen

Ein Klang so zart, ein Hauch so neu
Geht durch den grauen Tag,
Wie Vogelflügelflattern scheu,
Wie Frühlingsduft so zag.

Aus Lebens Morgenstunden her
Erinnerungen wehn,
Wie Silberschauer überm Meer
Aufzittern und vergehn.

Vom Heut zum Gestern scheint es weit,
Zum lang Vergessenen nah,
Die Vorwelt liegt und Märchenzeit,
Ein offener Garten, da.

Vielleicht ist heut mein Urahn wach,
Der tausend Jahr geruht
Und nun mit meiner Stimme sprach,
Sich wärmt in meinem Blut.

Vielleicht ein Bote draußen steht
Und tritt gleich bei mir ein;
Vielleicht, noch eh der Tag vergeht,
Werd ich zu Hause sein.

Späte Prüfung

Nochmals aus des Lebens Weiten
Reißt mich Schicksal hart ins Enge,
Will in Dunkel und Gedränge
Prüfung mir und Not bereiten.

Alles scheinbar längst Erreichte,
Ruhe, Weisheit, Altersfrieden,
Reuelose Lebensbeichte –
War es wirklich mir beschieden?

Ach, es ward von jenem Glücke
Aus den Händen mir geschlagen
Gut um Gut und Stück um Stücke,
Aus ist's mit den heitern Tagen.

Scherbenberg und Trümmerstätte
Ward die Welt und ward mein Leben.
Weinend möcht ich mich ergeben,
Wenn ich diesen Trotz nicht hätte,

Diesen Trotz im Grund der Seele,
Mich zu stemmen, mich zu wehren,
Diesen Glauben: was mich quäle,
Müsse sich ins Helle kehren,

Diesen unvernünftig zähen
Kinderglauben mancher Dichter
An unlöschbar ewige Lichter,
Die hoch über allen Höllen stehen.

Dem Frieden entgegen

Für die Waffenstillstandsfeier des Radio Basel

Aus Haßtraum und Blutrausch
Erwachend, blind noch und taub
Vom Blitz und tödlichen Lärm des Krieges,
Alles Grauenhaften gewohnt,
Lassen von ihren Waffen,
Von ihrem furchtbaren Tagwerk
Die ermüdeten Krieger.

›Friede!‹ tönt es
Wie aus Märchen, aus Kinderträumen her.
›Friede.‹ Und kaum zu freuen
Wagt sich das Herz, ihm sind näher die Tränen.

Arme Menschen wir,
So des Guten wie Bösen fähig,
Tiere und Götter! Wie drückt das Weh,
Drückt die Scham uns heute zu Boden!

Aber wir hoffen. Und in der Brust
Lebt uns glühende Ahnung
Von den Wundern der Liebe.
Brüder! Uns steht zum Geiste,
Steht zur Liebe die Heimkehr
Und zu allen verlornen
Paradiesen die Pforte offen.

Wollet! Hoffet! Liebet!
Und die Erde gehört euch wieder.

Wache Nacht

Bleich blickt die föhnige Nacht herein,
Der Mond im Wald will untergehn.
Was zwingt mich doch mit banger Pein
Zu wachen und hinauszusehn?

Ich hab geschlafen und geträumt;
Was hat mir mitten in der Nacht
Gerufen und so bang gemacht,
Als hätt ich Wichtiges versäumt?

Am liebsten liefe ich vom Haus,
Vom Garten, Dorf und Lande fort
Dem Rufe nach, dem Zauberwort,
Und weiter und zur Welt hinaus.

Skizzenblatt

Kalt knistert Herbstwind im dürren Rohr,
Das im Abend ergraut ist;
Krähen flattern vom Weidenbaume landeinwärts.

Einsam steht und rastet am Strande ein alter Mann,
Spürt den Wind im Haar, die Nacht und nahenden Schnee,
Blickt vom Schattenufer ins Lichte hinüber,
Wo zwischen Wolke und See ein Streifen
Fernsten Strandes noch warm im Lichte leuchtet:
Goldenes Jenseits, selig wie Traum und Dichtung.

Fest im Auge hält er das leuchtende Bild,
Denkt der Heimat, denkt seiner guten Jahre,
Sieht das Gold erbleichen, sieht es erlöschen,
Wendet sich ab und wandert
Langsam vom Weidenbaume landeinwärts.

Pavillon im Winter

Urenkelstiefkind eines hadrianischen Tempels,
Illegitimer Erbe mediceischer Villen.
Mit einem Hauch Erinnerung an Versailles
Gepudert, lächelst du
Mit deinen Treppen, Säulen, Vasen und Voluten,
Unheimisch am barbarischen Strand,
Blickst in ein Land, dem du nicht angehörst,
Schickst Reize aus und Zauber,
Die nicht dein eigen sind;
Und Schnee blickt ringsum kalt
Durch deine allzuvielen Scheiben.

Du gleichst in der geliehenen Pracht
Dem armen Mädchen, das am Straßenrand
Der Großstadt steht und etwas mühsam lächelt
Und nicht so schön ist wie es scheinen will,
Und nicht so reich wie sein gefälschter Schmuck,
Und nicht so froh wie seine bunte Larve.
Ihm gleichst du; etwas Spott
Und etwas Mitleid gibt dir Antwort.
Und Schnee blickt ringsum fremd
Und kalt durch deine allzuvielen Scheiben.

In Sand geschrieben

Daß das Schöne und Berückende
Nur ein Hauch und Schauer sei,
Daß das Köstliche, Entzückende,
Holde ohne Dauer sei:
Wolke, Blume, Seifenblase,
Feuerwerk und Kinderlachen,
Frauenblick im Spiegelglase
Und viel andre wunderbare Sachen,
Daß sie, kaum entdeckt, vergehen,
Nur von Augenblickes Dauer,
Nur ein Duft und Windeswehen,
Ach, wir wissen es mit Trauer.
Und das Dauerhafte, Starre
Ist uns nicht so innig teuer:
Edelstein mit kühlem Feuer,
Glänzendschwere Goldesbarre;
Selbst die Sterne, nicht zu zählen,
Bleiben fern und fremd, sie gleichen
Uns Vergänglichen nicht, erreichen
Nicht das Innerste der Seelen.
Nein, es scheint das innigst Schöne,
Liebenswerte dem Verderben
Zugeneigt, stets nah am Sterben,
Und das Köstlichste: die Töne
Der Musik, die im Entstehen
Schon enteilen, schon vergehen,
Sind nur Wehen, Strömen, Jagen
Und umweht von leiser Trauer,
Denn auch nicht auf Herzschlags Dauer
Lassen sie sich halten, bannen;

Ton um Ton, kaum angeschlagen,
Schwindet schon und rinnt von dannen.
So ist unser Herz dem Flüchtigen,
Ist dem Fließenden, dem Leben
Treu und brüderlich ergeben,
Nicht dem Festen, Dauertüchtigen.
Bald ermüdet uns das Bleibende,
Fels und Sternwelt und Juwelen,
Uns in ewigem Wandel treibende
Wind- und Seifenblasenseelen,
Zeitvermählte, Dauerlose,
Denen Tau am Blatt der Rose,
Denen eines Vogels Werben,
Eines Wolkenspieles Sterben,
Schneegeflimmer, Regenbogen,
Falter, schon hinweggeflogen,
Denen eines Lachens Läuten,
Das uns im Vorübergehen
Kaum gestreift, ein Fest bedeuten
Oder wehtun kann. Wir lieben,
Was uns gleich ist, und verstehen,
Was der Wind in Sand geschrieben.

Herbstgeruch

Wieder hat ein Sommer uns verlassen,
Starb dahin in einem Spätgewitter.
Regen rauscht geduldig, und im nassen
Walde duftet es so bang und bitter.

Herbstzeitlose starrt im Grase bläßlich
Und der Pilze wucherndes Gedränge.
Unser Tal, noch gestern unermeßlich
Weit und licht, verhüllt sich und wird enge.

Enge wird und duftet bang und bitter
Diese Welt, dem Lichte abgewendet.
Rüsten wir uns auf das Spätgewitter,
Das des Lebens Sommertraum beendet!

Grauer Wintertag

Es ist ein grauer Wintertag,
Still und fast ohne Licht,
Ein mürrischer Alter, der nicht mag,
Daß man noch mit ihm spricht.

Er hört den Fluß, den jungen, ziehn
Voll Drang und Leidenschaft;
Vorlaut und unnütz dünkt sie ihn,
Die ungeduldige Kraft.

Er kneift die Augen spöttisch ein
Und spart noch mehr am Licht,
Ganz sachte fängt er an zu schnei'n,
Zieht Schleier vors Gesicht.

Ihn stört in seinem Greisentraum
Der Möwen grell Geschrei,
Im kahlen Ebereschenbaum
Der Amseln Zänkerei.

All das Getue lächert ihn
Mit seiner Wichtigkeit;
Er schneielet so vor sich hin
Bis in die Dunkelheit.

Märzsonne

Trunken von früher Glut
Taumelt ein gelber Falter.
Sitzend am Fenster ruht
Schläfrig gebückt ein Alter.

Singend durchs Frühlingslaub
Ist er einst ausgezogen.
So vieler Straßen Staub
Hat sein Haar überflogen.

Zwar der blühende Baum
Und die Falter die gelben
Scheinen gealtert kaum,
Scheinen heut noch dieselben.

Doch es sind Farbe und Duft
Dünner geworden und leerer,
Kühler das Licht und die Luft
Strenger zu atmen und schwerer.

Frühling summt bienenleis
Seine Gesänge, die holden.
Himmel schwingt blau und weiß,
Falter entflattert golden.

Regen im Herbst

O Regen, Regen im Herbst,
Grau verschleierte Berge,
Bäume mit müde sinkendem Spätlaub!
Durch beschlagene Fenster blickt
Abschiedsschwer das krankende Jahr.
Fröstelnd im triefenden Mantel
Gehst du hinaus. Am Waldrand
Tappt aus entfärbtem Laub
Kröte und Salamander trunken,
Und die Wege hinab
Rinnt und gurgelt unendlich Gewässer,
Bleibt im Grase beim Feigenbaum
In geduldigen Teichen stehn.
Und vom Kirchturm im Tale
Tropfen zögernde, müde
Glockentöne für Einen vom Dorf.
Den sie begraben.

Du aber traure, Lieber,
Nicht dem begrabenen Nachbarn,
Nicht dem Sommerglück länger nach
Noch den Festen der Jugend!
Alles dauert in frommer Erinnerung,
Bleibt im Wort, im Bild, im Liede bewahrt,
Ewig bereit zur Feier der Rückkehr
Im erneuten, im edlern Gewand.
Hilf bewahren du, hilf verwandeln,
Und es geht dir die Blume
Gläubiger Freude im Herzen auf.

Der alte Mann und seine Hände

Mühsam schleppt er sich die Strecke
Seiner langen Nacht,
Wartet, lauscht und wacht.
Vor ihm liegen auf der Decke
Seine Hände, Linke, Rechte,
Steif und hölzern, müde Knechte,
Und er lacht
Leise, daß er sie nicht wecke.

Unverdrossener als die meisten
Haben sie geschafft,
Da sie noch im Saft.
Vieles wäre noch zu leisten,
Doch die folgsamen Gefährten
Wollen ruhn und Erde werden.
Knecht zu sein,
Sind sie müd und dorren ein.

Leise, daß er sie nicht wecke,
Lacht der Herr sie an,
Langen Lebens Bahn
Scheint nun kurz, doch lang die Strecke
Einer Nacht ... Und Kinderhände,
Jünglingshände, Manneshände
Sehn am Abend, sehn am Ende
So sich an.

Ein Traum

Säle, bang zu durchwandern,
Hundert fremde Gesichter ...
Langsam, eins nach dem andern,
Werden blasser die Lichter.
Da, wie ihr Schimmer ergraut
Und zu Dämmrung erblindet,
Scheint mir ein Antlitz vertraut,
Liebesgedächtnis findet
Eins ums andre bekannt
Die zuvor fremden Gesichter.
Namen hör ich genannt:
Eltern, Geschwister, Gespielen,
Helden auch, Frauen und Dichter,
Die ich als Knabe verehrt.
Aber keines der vielen
Einen Blick mir gewährt.
Gleich den Flammen der Kerzen
Schwinden sie weg ins Nichts,
Lassen im trauernden Herzen
– Klänge vergeßnen Gedichts –
Dunkel zurück und Klage
Um die zu Traum und Sage
Eingedämmerten Tage
Einst genossenen Lichts.

Uralte Buddha-Figur in einer japanischen Waldschlucht verwitternd

Gesänftigt und gemagert, vieler Regen
Und vieler Fröste Opfer, grün von Moosen
Gehn deine milden Wangen, deine großen
Gesenkten Lider still dem Ziel entgegen,
Dem willigen Zerfalle, dem Entwerden
Im All, im ungestaltet Grenzenlosen.
Noch kündet die zerrinnende Gebärde
Vom Adel deiner königlichen Sendung
Und sucht doch schon in Feuchte, Schlamm und Erde,
Der Formen ledig, ihres Sinns Vollendung,
Wird morgen Wurzel sein und Laubes Säuseln,
Wird Wasser sein, zu spiegeln Himmels Reinheit,
Wird sich zu Efeu, Algen, Farnen kräuseln, –
Bild allen Wandels in der ewigen Einheit.

Kleiner Knabe

Hat man mich gestraft,
Halt ich meinen Mund,
Weine mich in Schlaf,
Wache auf gesund.

Hat man mich gestraft,
Heißt man mich den Kleinen,
Will ich nicht mehr weinen,
Lache mich in Schlaf.

Große Leute sterben,
Onkel, Großpapa,
Aber ich, ich bleibe
Immer, immer da.

Müder Abend

Abendwindes Lallen
Klagt erstickt im Laub,
Schwere Tropfen fallen
Einzeln in den Staub.

Aus den mürben Mauern
Moos und Farne quellen,
Alte Leute kauern
Schweigend auf den Schwellen.

Krumme Hände lasten
Still auf steifen Knien,
Geben sich dem Rasten
Und Verwelken hin.

Überm Friedhof flügeln
Krähen schwer und groß.
Auf den flachen Hügeln
Wuchert Farn und Moos.

Der erhobene Finger

Meister Djü-dschi war, wie man uns berichtet,
Von stiller, sanfter Art und so bescheiden,
Daß er auf Wort und Lehre ganz verzichtet,
Denn Wort ist Schein, und jeden Schein zu meiden
War er gewissenhaft bedacht.
Wo manche Schüler, Mönche und Novizen
Vom Sinn der Welt, vom höchsten Gut
In edler Rede und in Geistesblitzen
Gern sich ergingen, hielt er schweigend Wacht,
Vor jedem Überschwange auf der Hut.
Und wenn sie ihm mit ihren Fragen kamen,
Den eitlen wie den ernsten, nach dem Sinn
Der alten Schriften, nach den Buddha-Namen,
Nach der Erleuchtung, nach der Welt Beginn
Und Untergang, verblieb er schweigend,
Nur leise mit dem Finger aufwärts zeigend.
Und dieses Fingers stumm-beredtes Zeigen
Ward immer inniger und mahnender: es sprach,
Es lehrte, lobte, strafte, wies so eigen
Ins Herz der Welt und Wahrheit, daß hernach
So mancher Jünger dieses Fingers sachte
Hebung verstand, erbebte und erwachte.

Junger Novize im Zen-Kloster

Ist auch alles Trug und Wahn
Und die Wahrheit stets unnennbar,
Dennoch blickt der Berg mich an
Zackig und genau erkennbar.

Hirsch und Rabe, rote Rose,
Meeresblau und bunte Welt:
Sammle dich – und sie zerfällt
Ins Gestalt- und Namenlose.

Sammle dich und kehre ein,
Lerne schauen, lerne lesen!
Sammle dich – und Welt wird Schein.
Sammle dich – und Schein wird Wesen.

Einst vor tausend Jahren

Unruhvoll und reiselüstern
Aus zerstücktem Traum erwacht
Hör ich seine Weise flüstern
Meinen Bambus in der Nacht.

Statt zu ruhen, statt zu liegen
Reißt michs aus den alten Gleisen,
Weg zu stürzen, weg zu fliegen,
Ins Unendliche zu reisen.

Einst vor tausend Jahren gab es
Eine Heimat, einen Garten.
Wo im Beet des Vogelgrabes
Aus dem Schnee die Krokus starrten.

Vogelschwingen möcht ich breiten
Aus dem Bann, der mich umgrenzt,
Dort hinüber, zu den Zeiten,
Deren Gold mir heut noch glänzt.

Nachts im April notiert

O daß es Farben gibt:
Blau, Gelb, Weiß, Rot und Grün!

O daß es Töne gibt:
Sopran, Baß, Horn, Oboe!

O daß es Sprache gibt:
Vokabeln, Verse, Reime,
Zärtlichkeiten des Anklangs,
Marsch und Tänze der Syntax!

Wer ihre Spiele spielte,
Wer ihre Zauber schmeckte,
Ihm blüht die Welt,
Ihm lacht sie und weist ihm
Ihr Herz, ihren Sinn.

Was du liebtest und erstrebtest,
Was du träumtest und erlebtest,
Ist dir noch gewiß.
Ob es Wonne oder Leid war?
Gis und As, Es oder Dis –
Sind dem Ohr sie unterscheidbar?

Kleiner Gesang

Regenbogengedicht,
Zauber aus sterbendem Licht,
Glück wie Musik zerronnen,
Schmerz im Madonnengesicht,
Daseins bittere Wonnen …

Blüten vom Sturm gefegt,
Kränze auf Gräber gelegt,
Heiterkeit ohne Dauer,
Stern, der ins Dunkel fällt:
Schleier von Schönheit und Trauer
Über dem Abgrund der Welt.

Knarren eines geknickten Astes

Splittrig geknickter Ast,
Hangend schon Jahr um Jahr,
Trocken knarrt er im Wind sein Lied,
Ohne Laub, ohne Rinde,
Kahl, fahl, zu langen Lebens,
Zu langen Sterbens müd.
Hart klingt und zäh sein Gesang,
Klingt trotzig, klingt heimlich bang
Noch einen Sommer,
Noch einen Winter lang.

Verzeichnis der Gedichttitel

Verzeichnis der Gedichtanfänge

Zu dieser Ausgabe

insel taschenbuch 2859: Der vorliegende Text folgt der Ausgabe: Hermann Hesse, Das Lied des Lebens. Die schönsten Gedichte. Zusammengestellt von Volker Michels. © Suhrkamp Verlag Frankfurt am Main 1986. Umschlagabbildung: nach einem Aquarell von Hermann Hesse. © Heiner Hesse, Arcegno 2002.

Hermann Hesse

Die Lesebücher
im Insel und im Suhrkamp Verlag

Zusammengestellt von Volker Michels

Eigensinn macht Spaß. Individuation und Anpassung. 204 Seiten. Gebunden. it 2856. 192 Seiten

Die Einheit hinter den Gegensätzen. Religionen und Mythen. 207 Seiten. Gebunden. it 2898. 193 Seiten

Jedem Anfang wohnt ein Zauber inne. Lebensstufen. 207 Seiten. Gebunden. it 2854. 208 Seiten

Das Leben bestehen. Krisis und Wandlung. 208 Seiten. Gebunden. it 2858. 196 Seiten

Das Lied des Lebens. Die schönsten Gedichte. 240 Seiten. Gebunden. it 2859. 256 Seiten

Mit dem Erstaunen fängt es an. Herkunft und Heimat. Natur und Kunst. 206 Seiten. Gebunden. it 2899. 195 Seiten

Mit der Reife wird man immer jünger. Betrachtungen und Gedichte über das Alter. it 2857. 148 Seiten

Wer lieben kann, ist glücklich. Über die Liebe. 223 Seiten. Gebunden. it 2855. 224 Seiten

NF 425/1/9.07

Die erfolgreichsten Romane im suhrkamp taschenbuch

Demian
Die Geschichte von Emil Sinclairs Jugend
st 3369. 200 Seiten

Narziß und Goldmund
Erzählung
st 3371. 320 Seiten

Peter Camenzind
Erzählung
Mit einem Nachwort von Siegfried Unseld
st 3367. 180 Seiten

Siddhartha
Eine indische Dichtung
st 3370. 136 Seiten

Der Steppenwolf
st 3372. 280 Seiten

Unterm Rad
Erzählung
st 3368. 166 Seiten

Die großen Romane
Sieben Bände in Kassette
(Demian, Narziß und Goldmund, Peter Camenzind,
Siddhartha, Der Steppenwolf,
Unterm Rad, Das Glasperlenspiel)
st 6696. 1874 Seiten

NF 424/1/9.02

Hermann Hesse

Das Glasperlenspiel

Versuch einer Lebensbeschreibung
des Magister Ludi Josef Knecht
Sonderausgabe zum 125. Geburtstag 2002
576 Seiten. Gebunden

Mit seinem Alterswerk *Das Glasperlenspiel* hat Hermann Hesse in den Jahren 1930 bis 1942 eine Gegenwelt zum Zeitalter des Faschismus und zum kommerziellen Kulturbetrieb entworfen. »Es galt für mich«, schrieb er rückblickend, »einen geistigen Raum aufzubauen, in dem ich leben und atmen konnte. Allen Vergiftungen der Welt zum Trotz mußte ich das Reich des Geistes und der Seele als existent und unüberwindlich sichtbar machen ...« Weil es für Hesse keinen Fortschritt gab ohne die Verwirklichung von Utopien, entwickelte er im *Glasperlenspiel* das Modell eines Erziehungssystems, das von staatlichem Dirigismus nicht beeinflußbar ist. Die in der Pädagogischen Provinz Kastalien entwickelte Technik des Glasperlenspiels zielt in eine interdisziplinäre Vernetzung von Kunst und Wissenschaft, Mathematik und Musik. Diese aktuelle, ebenso weit in die Zukunft wie in die Kulturgeschichte zurückblickende Synopse von abendländischem und asiatischem Denken verliert ihren utopischen Charakter am Beispiel der Biographie von Josef Knecht, der Kastalien in dem Augenblick verläßt, als es in Bürokratie und unsozialem Selbstzweck zu erstarren droht.

NF 429/1/1.02

NF 212b/1/3.06

Biographien

Hugo Ball. Hermann Hesse. Sein Leben und sein Werk. st 385. 194 Seiten

Ralph Freedman. Hermann Hesse. Autor der Krisis. Eine Biographie. Übersetzt von Ursula Michels-Wenz. st 3088. 540 Seiten

Hermann Hesse. Sein Leben in Bildern und Texten. Herausgegeben von Volker Michels. Vorwort Hans Mayer. Gestaltet von Willy Fleckhaus. st 3218. 365 Seiten

Hermann Hesse. Schauplätze seines Lebens. Mit zahlreichen Fotografien. Herausgegeben von Herbert Schnierle-Lutz. it 1964. 352 Seiten

Gisela Kleine. Zwischen Welt und Zaubergarten. Ninon und Hermann Hesse. Ein Leben im Dialog. Mit Fotografien. st 1384. 643 Seiten

Michael Limberg. Hermann Hesse. Leben – Werk – Wirkung. sb 1. 159 Seiten

Volker Michels. Hermann Hesse. Leben und Werk im Bild. Mit dem »Kurzgefaßten Lebenslauf« von Hermann Hesse. it 36. 235 Seiten

Alois Prinz. »Und jedem Anfang wohnt ein Zauber inne«. Die Lebensgeschichte des Hermann Hesse. st 3742. 403 Seiten.

Theodore Ziolkowski. Der Schriftsteller Hermann Hesse. Wertung und Neubewertung. Übersetzt von Ursula Michels-Wenz. 271 Seiten. Gebunden

NF 212b/2/3.06

Über Hermann Hesse

Über Hermann Hesse. Erster Band (1904-1962). Herausgegeben von Volker Michels. st 331. 473 Seiten

Über Hermann Hesse. Zweiter Band (1963-1977). Herausgegeben von Volker Michels. st 332. 523 Seiten

Hermann Hesse in Augenzeugenberichten. Herausgegeben von Volker Michels. st 1865. 553 Seiten

Eugen Drewermann. Das Individuelle gegen das Normierte verteidigen. Zwei Aufsätze zu Hermann Hesse. Mit einem Nachwort von Volker Michels. st 2458. 90 Seiten

Siegfried Unseld. Begegnungen mit Hermann Hesse. st 218. 268 Seiten

Briefwechsel

Ninon Hesse. »Lieber, lieber Vogel«. Briefe an Hermann Hesse. Herausgegeben von Gisela Kleine. Mit Abbildungen. 620 Seiten. Gebunden und st 3373

Hermann Hesse. »Liebes Herz!« Briefwechsel mit seiner zweiten Frau Ruth. Herausgegeben von Ursula und Volker Michels. Mit Abbildungen. 644 Seiten. Gebunden

Hermann Hesse. »Die dunkle und wilde Seite der Seele« Briefwechsel mit seinem Psychoanalytiker Josef Bernhard Lang. 1916–1944. Herausgegeben von Thomas Freiknecht. 422 Seiten. Gebunden

NF 212b/3/3.06

Hermann Hesse/Thomas Mann. Briefwechsel. Herausgegeben von Anni Carlsson und Volker Michels. Mit Fotografien und Abbildungen. 378 Seiten. Gebunden

Hermann Hesse/Peter Suhrkamp. Briefwechsel 1945–1959. Herausgegeben von Siegfried Unseld. 507 Seiten. Gebunden

Hermann Hesse/Hugo Ball und Emmy Ball-Hennings. Briefwechsel 1921–1927. Herausgegeben von Bärbel Reetz. 616 Seiten. Gebunden

Gedichte

Bäume. Betrachtungen und Gedichte. Mit Fotografien. Ausgewählt von Volker Michels.
it455 und it 1815. 144 Seiten. GD it 2378. 184 Seiten

Wolken. Betrachtungen und Gedichte. Mit Bildern des Verfassers und Fotos von Thomas Schmid. Herausgegeben und mit einem Nachwort von Volker Michels. it 2367. 192 Seiten

Die Gedichte. 1892-1962. Neu eingerichtet und um Gedichte aus dem Nachlaß erweitert von Volker Michels. st 381. 848 Seiten

Die Gedichte. Herausgegeben und mit einem Nachwort von Volker Michels. 700 Seiten. Gebunden. it 2762. 840 Seiten

Stufen. Ausgewählte Gedichte. BS 342. 256 Seiten

NF 212b/4/3.06

Hermann Hesse als Maler

Farbe ist Leben. Eine Auswahl seiner schönsten Aquarelle. Vorgestellt von Volker Michels. it 1810. 173 Seiten

Magie der Farben. Aquarelle aus dem Tessin. Mit Betrachtungen und Gedichten. Auswahl und Nachwort von Volker Michels. it 482. 117 Seiten

Spiel mit Farben. Der Dichter als Maler. Mit etwa 300 Aquarellen von Hermann Hesse. Herausgegeben von Volker Michels. 276 Seiten. Gebunden

Tessin. Betrachtungen, Gedichte und Aquarelle des Autors. Herausgegeben und mit einem Nachwort von Volker Michels. 343 Seiten. Gebunden

Hermann Hesse und Italien

Italien. Schilderungen, Tagebücher, Gedichte, Aufsätze, Buchbesprechungen und Erzählungen. Herausgegeben und mit einem Nachwort von Volker Michels. Mit zahlreichen Abbildungen und Fotografien. st 689. 525 Seiten

Mit Hermann Hesse durch Italien. Ein Reisebegleiter durch Oberitalien. Herausgegeben von Volker Michels. it 1120. 224 Seiten

NF 212b/5/3.06

Hermann Hesse im HörVerlag

Über das Glück. Briefe, Gedichte und Prosa aus »Klingsors letzter Sommer«. Gelesen von Hermann Hesse und Gert Westphal. Laufzeit 57 Minuten. 1 MC

Zwischen Sommer und Herbst. Gelesen von Hermann Hesse und Gert Westphal. Laufzeit 120 Minuten. 2 MC

NF 212b/6/3.06